EL CAMINO

少年不知何处去

MIGUEL
DELIBES

〔西班牙〕米格尔·德利韦斯 著

范湲 译

人民文学出版社
PEOPLE'S LITERATURE PUBLISHING HOUSE

著作权合同登记号　图字 01-2023-5469

EL CAMINO
MIGUEL DELIBES

图书在版编目(CIP)数据

少年不知何处去/(西)米格尔·德利韦斯著;范湲译. —北京:人民文学出版社,2024
ISBN 978-7-02-018527-6

Ⅰ. ①少…　Ⅱ. ①米… ②范…　Ⅲ. ①长篇小说-西班牙-现代　Ⅳ. ①I551.45

中国国家版本馆 CIP 数据核字(2024)第 009970 号

责任编辑　**卜艳冰　杜玉花　欧雪勤**
装帧设计　**钱　珺**

出版发行　**人民文学出版社**
社　　址　**北京市朝内大街 166 号**
邮政编码　**100705**

印　　制　**杭州钱江彩色印务有限公司**
经　　销　**全国新华书店等**

开　　本　**889 毫米×1194 毫米　1/32**
印　　张　**7**
字　　数　**130 千字**
版　　次　**2024 年 2 月北京第 1 版**
印　　次　**2024 年 2 月第 1 次印刷**

书　　号　**978-7-02-018527-6**
定　　价　**50.00 元**

如有印装质量问题,请与本社图书销售中心调换。电话:010-65233595

1

事情或许可以有任何其他发展的可能，然而，到底还是这样发生了。“猫头鹰”达尼十一岁的心灵深处，因为整件事情的进展而感慨不已，虽然他必须接受，事情已成定局，根本就躲不掉。总之，他父亲期望他将来别做个乳酪师傅，倘若成真，他父亲会感到很光荣的。但是，这件事对他可是影响甚大啊……

他父亲认定这就是所谓的上进。“猫头鹰”达尼对此懵懵懂懂。他进城去读中学这件事，长久来看，确实有可能是一种上进。药剂师的儿子赖莫，已经在城里念法律系，每逢假期回乡探亲时，他总是高傲得跟一只孔雀似的，看着他们这些乡下人的时候，那双眼睛总是长在头顶上；甚至周日和节日弥撒结束时，他竟敢大言不惭地批评大圣人何希神父在布道坛上的措辞。假如这就是所谓的进步，那么，进城去读中学，无疑是为这样的进步奠定基础。

不过，“猫头鹰”达尼脑中对这件事倒是兴起了诸多疑虑。他自认已经学会一个人应该要学的东西。他能够阅读无碍，也能以文字表达自己的想法，而且还会加减乘除四种运算方式。仔细想想，正常发展的脑袋能装得下的东西大概只比这些多一点罢了。然而，去了城里，据说，中学学业得持续七年，接下来的高等教育，还得在大学就读好多年。世间真有这么了不起的学问，需要用功读书十四年，加上达尼已经读完的这三年？想当然尔，在城里浪掷的岁月一定比较多，达尼这样暗想，而且，无论如何，一定有人念完十四年的书之后，仍然不懂得如何分辨松鸦和红雀或是牛粪和大便。人生就是这么奇怪、荒谬又任性。问题就在于，人总是为了没有用或不实际的事情劳碌奔忙。

“猫头鹰”达尼在床上辗转反侧，铁床的弹簧嘎吱响得让人心烦。就他记忆所及，这是他第一次无法倒头就睡。不过，他今晚有好多事情得好好思考一番。明天，或许就来不及想了。明天早上九点整，他将搭乘北上的快车，离开这个小村子，直到圣诞节才会回乡。整整三个月被关在中学里。“猫头鹰”达尼觉得自己好像喘不过气了，连忙用力吸了好几口气。他预先设想了离别的情景，并想象自己大概会忍不住掉泪，即使他的哥儿们“鸟头仔”罗贵可能会告诉他，英雄有泪不轻弹，就算死了老子也一样。“鸟头仔”也是个很有意思的人，虽然比他大两岁，但还没开始念中学。大概永远也不会去念了。铁匠巴哥并不巴望自己的儿子力求上进；儿子若能像他一样当个铁匠，并且有足够的能力随心所欲地铸铁，他就很满意了。这的确是个很棒的行业！而且，当个铁匠并不需要求学十四年，或十三年、十二年、十年、九年，根本不用念书，还能变成一个强壮高大的巨汉，就像“鸟头仔”的父亲一样。

铁匠巴哥在锻炉上打铁的情景，“猫头鹰”达尼怎么看都不厌倦。他很着迷铁匠那双宛如树干般的粗壮手臂，长满了浓密的红色汗毛，一根根竖立在肌肉和浮筋上。不消说，铁匠巴哥一定能单手举起房里的五斗柜而面不改色。至于他的胸肌，有啥可大惊小怪的？铁匠经常只穿着一件汗衫干活，他那大力士般的胸膛，随着呼吸或起或伏，仿佛是一头受了伤的大象。这才是真正的男子汉啊！不像药剂师的儿子赖莫，总是一身漂亮行头，傲慢的神态，苍白的面容，简直就跟一个纤弱自负的娘儿们没两样。假如这就是所谓的上进，他是绝对不想求上进的人。以他本身而言，只要养几头牛，经营小小的乳酪铺，屋后有个小院子，这样他就心满意足了。他别无所求。平日该干活的日子就好好做乳酪，就像他父亲一样，周日可以打猎为乐，或到河边钓鳟鱼，或是玩一局九柱戏也行。

离家求学这件事着实让“猫头鹰”达尼怏怏不乐。地板的裂缝渗出楼下的灯光，明亮的光束定定投注在天花板上。接下来的三个月，他看不到这如丝般的微光，听不到母亲轻手轻脚处理家务的声响，或是脾气暴躁的父亲粗糙沙哑的咕哝；他将嗅不到此刻正从窗外飘进来的浓烈气味，混杂着甫收割的麦秆香气以及干燥牛粪的味道。老天啊！三个月何其漫长啊！

他可以违抗离家求学这件事的，但如今为时已晚。他母亲哭哭啼啼了好几个钟头，然后才跟他一起清点衣物。

“阿达，你看好啊！儿子，这是你的床单，上头绣了你名字的缩写。这些是你的内衣。还有这些是你的内裤。你的袜子在这里。全部都绣了你的名字缩写。你们在学校会有很多同学，不绣名字缩写很容易会被别人不小心拿走的。”

“猫头鹰”达尼感觉喉咙有点异样，仿佛那是别人的身体。他母亲的手背掠过收紧的鼻头，然后倒吸了一下鼻涕。“这一定是非常特别的时刻，因为母亲替我做了平常绝对不帮我做的事情。”“猫头鹰”这样暗想。接着，他真的有一股强烈的欲望想大哭一场。

母亲继续说道：

"你要好好照顾自己，儿子，要好好爱惜这些衣服。你也知道，这些衣服花了你爸爸很多钱。我们是穷人家呀！但是你爸爸希望你将来能出人头地。他不希望你跟他一样辛苦干活。你啊……"她着迷似的盯着儿子看了半晌。"你将来会有出息的，你这辈子一定会很有出息的，阿达；你爸爸和我都希望，你千万别跟我们一样。"

她又吸了一下鼻涕，接下来就不说话了。"猫头鹰"径自重复着："你这辈子一定会很有出息的，阿达。"接着，他不停地摇头。他无法了解这辈子要如何出人头地。于是，他绞尽脑汁想要弄个清楚。对他来说，很有出息的人是铁匠巴哥，就凭他那宽阔的胸膛、厚实的臂膀以及粗硬的红发；还有他那狂野的外貌，以及天王老子般的强硬态度。他父亲也是很有出息的人，两年前的夏天，他还击落了一只翼展两米的苍鹰……但是，他母亲指的并非这一类的有出息。或许，他母亲期望的是莫席老师那一类的有出息，或是像几个月前当选村长的药剂师赖孟。他父母对他的期望一定是类似这种。只是，出人头地对"猫头鹰"达尼根本毫无吸引力。总之，他宁可不要头角峥嵘，也不想力求上进。

他在床上翻来覆去，然后维持俯卧姿势，试着借此缓和胃部刚才因焦虑而产生的不适。他觉得这样舒服多了；他大致已经掌握了自己闷闷不乐的情绪。总之，无论是仰卧或俯卧，明天早上九点搭乘快车进城，已经是无法避免了。到时候，一切都后会有期了。万一……但是，算了，为时已晚。他父亲酝酿那个计划已经这么多年，他不能冒冒失失地因为自己任性的想法，就这样瞬间坏了一件大事。他父亲当初无法达成的目标，现在要由他来完成。一意孤行的任性。大人常做出比小孩更固执、更荒谬的任性行为。其实，几个月前，“猫头鹰”达尼还挺高兴自己的人生即将有所转变。然而，此时此刻，这件事却让他苦恼不已。

大约六年前，他得知父亲对他怀有的愿望。大圣人何希神父常说，偷听别人谈话是罪过。然而，“猫头鹰”达尼晚上入睡前倒是经常偷听父母在楼下的对话。透过地板缝隙，他隐约瞥见火炉、松木餐桌、菜肴、乳酪模子以及所有制作乳酪的工具。“猫头鹰”达尼蹲伏在地板上，偷偷倾听楼下的对话。那是他保有的习惯。楼下浓烈的乳酪气味以及肮脏的粗棉布臭味，一并随着喃喃话语传到楼上。他就喜欢那股牛奶发酵的味道，很刺鼻，几乎就是人味。

那天晚上，他父亲倚在乳酪模具上，当时，他母亲正在收拾晚餐。“猫头鹰”达尼瞥见这一幕，已是将近六年前了，但这件事与他的人生密切相关，所以他至今仍记得所有细节。

他父亲说道：“不会的，这孩子不会一样的。这事儿你不用怀疑。他的人生不会像个奴隶一样绑在这个凳子上的。没错，像个奴隶一样，就像我一样。”

说完这段话之后，他吐出一句脏话，接着，颤抖的拳头在乳酪模具上重重一击。他显然是对某人感到愤怒，只是“猫头鹰”达尼并不清楚那人是谁。当时，“猫头鹰”达尼并不知道，有时候，大人会对人生以及不如意和不公不义感到义愤填膺。“猫头鹰”达尼喜欢看父亲暴怒的样子，目露怒火，脸部紧绷，让他看起来更像个硬汉，这么一来，他和铁匠巴哥有相当程度的相似度。

母亲说道：“但是，我们不能让他一个人啊！他可是我们的独生子呢！除非我们再生个女儿。可是我这肚皮不争气，你也是知道的。我们不可能再生个女儿了。黎开度医师上次说过了，自从流产之后，我已经不能再生孩子了。”

他父亲再次咬牙切齿地咒骂了一句。接着，他动也不动地继续说道：“别提了！事情都已经无法挽回了。已经没有办法的事情，你就别再追根究底了。”

母亲隐隐啜泣着，同时把桌上的面包屑装入生锈的铁罐里。她依然试着坚持自己的主张：“或许这孩子不是念书的料呢！这整件事情都还说不准的。再说，有个孩子在城里念书是很花钱的。药剂师赖孟或是法官先生有能力这样做，可是我们负担不起啊！我们根本就没有钱。”

他父亲焦躁地不断扭弄手腕。“猫头鹰”达尼清楚得很，他父亲正在控制自己的情绪，免得让母亲更难过。片刻之后，他开口说道："这件事我自有打算。至于这孩子是不是读书的料，就看有没有钱付学费。你应该懂我的意思。"

语毕，他起身去拿火钩把烧得炽旺的炉火敲散。母亲已经坐了下来，粗糙的双手放在大腿上。她突然觉得疲惫不堪，并且无能为力，更荒谬的是，她满怀空虚无助的感觉。父亲再次对她喊话："事情就这样决定了。你不要再跟我啰唆了。那孩子一满十一岁，就让他进城去升学。"

母亲幽幽一叹，莫可奈何。她没搭腔。"猫头鹰"达尼准备入睡，半寐半醒之间，他心里纳闷的是，他母亲所谓的肚皮不争气以及流产之后就无法生育，这究竟是什么意思？

2

现在，“猫头鹰”达尼总算知道肚子不争气和流产是怎么一回事了。他想起了“鸟头仔”罗贵。如果不认识“鸟头仔”罗贵，他这时候依旧不懂肚子不争气和流产是怎么一回事。但是“鸟头仔”罗贵就知道很多“那样的事情”。他母亲常叮咛他别老是和“鸟头仔”罗贵在一起，因为“鸟头仔”在没有母亲的情况下成长，学会太多恶劣行径。辣椒姊妹也经常告诉他，若跟“鸟头仔”一起鬼混，就会变成跟他一样的无赖讨厌鬼。

“猫头鹰”达尼总是挺身为“鸟头仔”罗贵辩解。村子里的人并不了解他，或是根本不想了解他。至于“鸟头仔”知道很多“那样的事情”，这并不表示他就是个无赖讨厌鬼。而他跟铁匠父亲一样壮得像牛似的，这并不意味着他是个邪恶坏蛋。他的铁匠父亲总有一瓶烧酒摆在锻炉旁，偶尔就会拿起来喝一口，但这并不等于是个酒鬼，而且老实说，也不能因此就认定“鸟头仔”罗贵和他父亲一样是个无赖，就因为所谓的有其父必有其子。所有坏名声就是这样形成的，但“猫头鹰”达尼清楚得很，因为没有人比他对“鸟头仔”父子认识更深。

铁匠巴哥的妻子产下“鸟头仔”之后骤逝，这件事怪不得任何人。同样的，他姐姐萨拉一副粗鲁男人婆模样，根本没有能力教养弟弟，这也不能怪罪任何人。

自从母亲过世之后，萨拉一肩扛起所有家务。她有一头粗硬的红发，身材壮硕结实，就跟她父亲和弟弟一样。有时候，“猫头鹰”达尼猜想“鸟头仔”罗贵的母亲去世得早是因为她没有那一头红发。事实上，红发可能是长寿的因素，或者，至少是护身符的一种。无论原因为何，“鸟头仔”的母亲确实在生他的时候过世，而比他年长十三岁的姐姐萨拉，从此就固执地把他当成杀人凶手。当然啦，萨拉这个人没什么耐心，既唠叨又小心眼儿。“猫头鹰”达尼曾经看过她追着弟弟冲下楼梯，顶着一头乱发，表情凶狠，并且声嘶力竭地叫嚣着：

“畜生！简直比禽兽还不如，你还没出生之前就是个畜生了。”

这句口头禅，他后来听她重复了数百次，甚至上千次；但是，“鸟头仔”罗贵完全不把这句话当回事。可想而知，最让萨拉气愤、烦躁的必定是她在教育方式上的彻底失败。打从幼年时期，“鸟头仔”对于“椰子先生”、“布袋巨人”以及“杂粮叔叔”这些名字格外迟钝。显然，一身健壮的体格让他根本看不起所有无血无肉无生命的虚构人物。确实，每当萨拉威胁弟弟：“罗贵，不准这样，否则椰子先生就来了。”“鸟头仔”嘻皮笑脸，语带挑衅地说道：“好啊！叫他来，我等他。”当时，“鸟头仔”还不到三岁，根本还不太会说话。眼看着自己的威胁毫无用处，换来的只是小家伙无动于衷的嘲讽，萨拉简直快气疯了。

随着“鸟头仔”渐渐长大，他姐姐萨拉也采用了不同的方法对付他。罗贵顽皮捣蛋时，她通常会把他关在干草房里，然后，她会从干草房外以严肃低沉的嗓子缓缓地祷告着。

“猫头鹰”达尼依稀记得初次造访好友家的情形。当时，大门半掩，屋内不见任何人的踪影，也没有任何声响，仿佛一栋空屋。通往楼上的阶梯让他蠢蠢欲动，不过，他张望着眼前的楼梯，摸了摸扶手，就是没胆上楼。他对萨拉早有耳闻，眼下这片令人难以置信的寂静，让他内心隐约兴起一股恐惧。他以捕捉在门廊地砖缝里钻来钻去的壁虎为乐，借此消磨了一段时间。霎时，他听见楼上传来一连串愤怒的辱骂，随之而来的是响亮清脆的关门声。他决定出声叫人，但不敢太张扬：

“鸟头仔！鸟头仔！”

仿如滚滚洪流般的攻击性言词立刻朝着他倾泻而出。达尼胆怯地缩在一旁。

“是哪个没教养的？怎么这样叫人？这里没有什么‘鸟头仔’！这个家里，每个人都有个正当的名字。哼！快滚开！”

“猫头鹰”达尼始终想不透，为什么自己在那样的情况下会留下来，总之，他就像一座雕像似的伫立在那儿。而且，他勇敢地挺直了身子，不发一语，几乎是屏息以待。这时候，他听见萨拉在楼上说话，于是拉长了耳朵注意听。楼梯间隙穿梭着她那犹如凄风苦雨般肃穆的词句：

“当我的双脚，不再移动时，这是警惕我，我在人世即将走向尽头……”

背景传出“鸟头仔”的声音，模糊且微弱，仿佛发自深井底部：

“耶稣慈悲，求您悲怜。”

接着又是萨拉的怪腔怪调，而且越来越空洞，越来越极端：

"当我的双眼因惧怕迫切死亡而变得脆弱且褪了色，那憔悴且垂死的眼神将注视着您……"

"耶稣慈悲，求您垂怜。"

"猫头鹰"达尼觉得全身逐渐窜起一股阴冷微渺的恐惧感。那段凄厉的连祷文让他忍不住打着寒战。然而，他并没有离开。一股静观其变的强烈好奇心油然而生。

"当我失去所有知觉……"萨拉单调的嗓音继续念着："整个世界在我眼前消失，而我在垂死的痛苦和死亡的渴望之间哀号着……"

此时，又是"鸟头仔"痛苦、微弱但冷静的声音从干草房传出：

"耶稣慈悲，求您垂怜。"

当萨拉结束她那一长串祈祷词句时，罗贵不耐烦地问道：

"你结束了吗？"

"结束了。"萨拉说道。

"好啦，快开门！"

萨拉接下来的质问带着藏不住的恼怒：

"知道错了吗？"

"才不！"

"那我就不开门！"

"你不开门我就把门撞开！处罚已经结束了。"

萨拉只好把门打开。“鸟头仔”故意在她旁边放话：

“我越来越不怕你啦！萨拉。”

做姐姐的当场失控，气急败坏地说道：

“你闭嘴！猪八戒！总有一天……总有一天我会撕烂你那张脸，反正一定让你好看。”

“你休想！不准你动我一根寒毛！萨拉。你也知道，可以骑在我头上的人还没出生哩！”“鸟头仔”说道。

“猫头鹰”达尼本以为会听见狠狠甩耳光的巨响，不过，萨拉一定是冷静考虑过了，所以预期中的巨响并未传来。反之，达尼听见的却是好友走下楼梯的沉稳脚步声，接着，由于谨慎低调的本性使然，他从半掩的门扉溜了出去，站在街上等人。“鸟头仔”出来后，在他身旁问道：

“你刚才有没有听见萨拉的声音？”

“猫头鹰”达尼不敢扯谎：

“听见了。”

“你大概已经发现了，她根本就是个讨厌的废物。”

“我听了蛮害怕的，真的。”“猫头鹰”满怀困惑地说了实话。

“拜托！你别理她那一套。什么脆弱的眼睛、双脚不能移动什么的，全都是瞎扯！我爸爸说，你如果认真听她说话，一句都听不懂。”

“猫头鹰”半信半疑地转过头去：

“你爸爸怎么会知道？”

“鸟头仔”罗贵倒是从来没想过这件事。他迟疑了半晌，随即澄清：

“我怎么会知道？大概是我妈快死的时候告诉他的吧！我是不可能会记得的啦！”

打从那天起，“猫头鹰”达尼发自内心钦佩“鸟头仔”这个人。“鸟头仔”并不聪明，但是，能在大人面前抬头挺胸跟聪明毫不相干！有时候，罗贵的沉着和严肃让他看起来就像个大人。他不允许无理的强求，也不接受反复无常的正义。可想而知，就是家中那一套正义。另一方面，他姐姐其实很尊重他。“鸟头仔”的意志力不是空口说说而已；他的意志力跟一个成年男子一样坚定；无论在家或出门在外皆是如此。“鸟头仔”是个很有个性的人。

而在成长的岁月中，达尼对“鸟头仔”的钦佩与日俱增。“鸟头仔”经常和山谷里的其他小孩打架，每打必赢，而且毫发无伤。有天下午，就在朝圣游行队伍中，达尼眼看着“鸟头仔”居然跟打鼓的乐手打起来了。等他揍人揍过瘾了之后，他甚至把鼓往对手头部用力套上，就像一顶帽子似的。大伙儿看了都开怀大笑。鼓手是个将满二十岁的年轻人，而“鸟头仔”当时才十一岁。在此之后，“猫头鹰”一直认定罗贵是可以依靠的大树，两人也形影不离，而在“鸟头仔”的友谊强力促使之下，有时候，他把自己的勇气用到极致，也因此挨了莫席老师的鞭子。不过，为了补偿他，“鸟头仔”不止一次挺身保护他。

即使这样，达尼的母亲、何希神父、莫席老师、辣椒大姐以及野兔姐妹花，他们不能因此就认定“鸟头仔”罗贵就是个无赖讨厌鬼。“鸟头仔”如果跟人打架，通常是正义感使然，要不就是为了达到某种实际成果而出手。他从来不曾没事找人打架，也不会为了好玩就打人。

另一个受人议论的就是他的铁匠父亲巴哥，工作勤奋，收入相当不错。对于辣椒大姐和野兔姐妹花来说，村子里显然只存在两种极端类型的人：一种是收入微薄的人，她们说这种人都是游手好闲又懒惰，另一种是收入丰厚者，对于这一类型的人，她们坚信，这些人工作赚钱都是为了花钱买醉。野兔姐妹花和辣椒大姐要求的平衡点，不仅相当诡异，而且难以达成。其实，铁匠巴哥喝酒有其必要。“猫头鹰”达尼清楚得很，因为他比任何人都更了解巴哥的为人。他如果不喝酒的话，就无法往锻炉里添加煤炭。铁匠巴哥曾多次这样说过：“汽车少了汽油是跑不动的。”语毕，他将烧酒一饮而尽。喝了酒之后，他可以更卖力、更专注地干活。这一点，无论如何，对整个村子来说都是一件好事。只是，村子里的人不但不感激他，还说他是不要脸的酒鬼。幸好，铁匠默默承受这一切，就和他儿子一样，那些侮辱并不会让他伤心难过。“猫头鹰”

达尼曾想过，如果哪天铁匠巴哥生气了，这个村子八成会被他夷为平地；他大概会像龙卷风一样席卷整座村子。

至于铁匠喜欢美言讨好从他的锻炉前经过的女孩儿们，甚至邀她们坐下来聊天喝一杯，这也没什么好责备的。事实上，他是个鳏夫，又正值壮年。再说，他的壮硕体格也对女人极具吸引力。何况，侯爵安东尼奥先生都结过三次婚了，人们并没有因此就不尊称他安东尼奥先生，大家见到他依旧是脱帽打招呼。他依然是大家敬仰的侯爵。总之，铁匠巴哥一直没有再婚，那是因为不想给孩子找后母，并不是像辣椒大姐和野兔姐妹花说的，只想把钱留着买酒喝。

每逢周日和假日，铁匠巴哥一定在“慢郎中”那里喝到不省人事。起码辣椒大姐和野兔姐妹花是这么说的。不过，如果事实果真如此，那么，铁匠一定有他的道理，其中一个不可忽视的理由，就是借此忘却过去六天的工作辛劳以及接下来六天也无法歇息的日子。生命对男人就是这么严厉、如此残忍。

偶尔，巴哥酒后情绪失控，就在“慢郎中”的酒馆里和人大吵大闹起来。不过，即使对手动武，他也不曾拿刀反击过。即使这样，就算他打架一向赤手空拳，而且不耍花招，辣椒大姐和野兔姐妹花硬要说他是可恶的暴徒。事实上，辣椒大姐、野兔姐妹花、莫老师、安东尼奥的管家、“猫头鹰”达尼的母亲以及何希神父这些人，他们真正在意的是铁匠那一身发达的肌肉、他那绝不妥协的个性，还有壮硕身材显现的那股霸气。倘若巴哥父子个头又瘦又小，村子里的人才不会在乎他们是不是酒鬼或喜欢惹是生非；反正任何人随时都能一拳把他们打倒。但是面对魁梧的莽汉，那就是另外一回事了；人们只能偷偷在背后恶毒辱骂他们。鞋匠阿雷说得对：“人啊！手臂不长肉的时候，舌头就会长赘肉。”

大圣人何希神父虽然也公开批评过铁匠巴哥，但内心其实并不讨厌他。虽然饱受抨击，但他永远不会忘记那一年的圣母日，多玛士罹患重病，因此无法扛着圣母像游行。另一个经常在游行中负责扛圣母像的胡立安，早因紧急事故出了远门。状况变得非常麻烦。一时之间根本找不到替代人选。何希神父甚至在心里盘算着取消游行。就在这时候，铁匠巴哥现身教堂，态度谦恭有礼。

“神父先生，如果您愿意的话，我可以扛着圣母像在村子里游行。不过有个条件，您得让我一个人来扛。”他说。

何希神父半信半疑地微笑着。

“孩子，我很感谢你的好意，不过，我不相信你有这么大的力气。那座圣母像重量超过两百公斤啊！”神父说道。

铁匠巴哥微微颔首，对于自己的力大无穷有点难为情。

“比那个多一百公斤我也扛得起来哩！神父先生。反正也不是第一次了……”他态度坚决。

于是，圣母像伫立在铁匠巴哥强壮的肩膀上，缓缓绕行整座村子，沿途停了四次：广场、村公所前、电信局对面，最后回到教堂内院，一如往常地举行了众人唱颂《又圣母经》。仪式结束之后，一群小孩目露崇拜眼光围绕着铁匠巴哥。铁匠满脸天真笑容，规定每个孩子都得摸摸他胸前、背后和腋下的衬衫。

他对孩子说道：“你们摸摸看，快摸！我根本就没有流汗；我连一滴汗都没流呢！”

辣椒大姐和野兔姐妹花怪罪何希神父，居然答应让村子里罪孽最深重的肩膀去扛圣母像。她们把铁匠巴哥值得赞扬的善行评断为不折不扣的罪行。然而，“猫头鹰”达尼深信：她们无法原谅的是铁匠巴哥的体格，因为放眼整座山谷，他是最强壮的男人。

3

那座山谷啊……那座山谷对“猫头鹰”达尼意义格外重大。再仔细想想，那是他生命的全部。他在这座山谷里出生，十一年来，他未曾翻越围绕着山谷的几座高山。他甚至没想过要去爬那些山。

有时候，“猫头鹰”达尼觉得他父亲、神父和老师说的没错，他的这座山谷就像一口落单的大锅子，完全遗世独立。然而，事实并非如此；这座山谷也有联外脐带，一条双重脐带，说得更清楚一些，在为山谷增添活力的同时，也让这个地方晕头转向：铁路和公路。两条干线从南到北穿越山谷，来自卡斯蒂利亚棕色的干枯平原，将往远方追寻湛蓝的汪洋。因此，两者建构的是两个截然不同世界之间的联系。

在这座山谷里，铁路、公路汇合了那条从兰多峰高处急冲而下的湍湍激流，三者交缠，百转千回，并由桥梁、隧道、平交道和跨线桥切割成错综复杂的地形。

春夏期间，每到黄昏时刻，“鸟头仔”罗贵和“猫头鹰”达尼经常会找个位置高一点的地方坐下来，然后居高临下，以近乎虔诚的专注凝视着无精打采却绵绵不绝的山谷百态。山谷的洼地里，铁路和公路交织成明显且密集的锯齿状；有些相互重叠，另一些则格格不入，但必定在视野之内，仿佛嵌在一片葱绿草原和玉米田之间的两条白色云带。在远方，火车、汽车和雪白屋舍渺小得像是远在天边的迷你图腾，同时却又莫名其妙地好像伸手可及。偶尔可见同时有两三列火车，每一列都顶着漆黑的烟柱，穿梭在片片相连的如茵草原上。看着火车头钻出隧道口真是过瘾啊！仿佛就是“鸟头仔”或他朝着原野上的地洞撒一大泡尿逼出蟋蟀的情景。火车和蟋蟀从洞穴冒出来时，神态一模一样，都是气喘吁吁，饱受惊吓，而且上气不接下气。

“猫头鹰”就喜欢这样感受着山谷的静好与悠闲，凝望无垠的大草原，以及散布其中的零星房舍。有时也看看阴暗浓密的栗树林，或是一大片色调明亮轻盈的桉树林。

在远方，处处皆是群山耸立，随着季节和气候更迭，山峦样貌也随之改变，从奇诡的绿意盎然，变成了阴霾岁月里凝滞深沉的铅灰色基调。

“猫头鹰”如此偏爱此事，或许也因为他根本没有其他事情可做。他就爱看旷野奇景，山谷的翠绿，以及来自文明社会定时输送的噪声和速度，几乎是准时无误。

数不清的午后，面对大自然的凝止和寂静，两人常忘了时间的存在，直到夜幕笼罩。夜空繁星密布，在这片壮观的星空之下，“鸟头仔”罗贵竟有惊心动魄之感。在这种情况下，夜幕低垂，远离尘世，“鸟头仔”罗贵常会突发奇想，这些想法，平日多半不会让他心烦的。

有一回，他这样说道：

“猫头鹰，如果天上有一颗星星掉下来了，却永远不会抵达尽头，有没有这个可能啊？”

“猫头鹰”一头雾水地盯着好友。

“我听不懂你的意思啊！”他答道。

“鸟头仔”正和自己的辞穷奋力抗战。他不停地抖动双手，最后，他这样说道：

“那些星星都在空气中，对吧？”

“对啊！”

“地球也和其他星星一样在空气中，对不对？”他补上这句。

“是啊！至少老师是这样说的。”

“好啦！我跟你说的就是这个意思。如果有一颗星星掉下来了，但是没有撞上地球，也没有撞上其他星球，那就永远不会抵达尽头了吗？还是，围绕着星球的空气永远没有用完的一天？”

“猫头鹰”达尼沉吟半晌。这个抽象的天文难题也开始让他头痛起来。话到了嘴边，支支吾吾的，微弱的声音好像在惋惜什么。

“鸟头仔！”

“什么？”

“你不要问我这样的问题啦！我头好晕。”

“你是头晕还是害怕？”

“可能都是吧！”他坦承。

“鸟头仔”断断续续地笑了几声。

“我要跟你讲一件事。”他说。

“什么？”

“我也很怕天上的星星，所有看不见或永远不会结束的东西，我都怕。可是，你不要跟任何人讲啊！听见没有？尤其不能让我姐姐萨拉知道。”

“鸟头仔”总是挑选这种安静独处的时刻抒发内心感受。前方的壮阔山脉，高耸山峰划破天际，“鸟头仔”看在眼里，只觉得自己实在渺小。“猫头鹰”达尼暗想，倘若萨拉知道“鸟头仔”的弱点，她可以轻易将他击垮。然而，她当然永远不可能知道的。萨拉是个讨厌又冷酷的女孩，罗贵可是他最要好的朋友。他才不会告诉她罗贵对星星有莫名的恐惧哩！

回到村子里的时候，已是入夜时分，山谷的活力更显清晰了。火车从火车站呼啸而过，凌空掠过的汽笛声仿佛尖声呐喊。大地弥漫着让人愉悦的潮湿的雾气以及牛粪的臭味。依据天候和雨量的殊异，原野上也或多或少散发着青草香。

这些气味总让“猫头鹰”达尼满怀喜悦，他也喜欢在宁静的夜里聆听一头乳牛懒洋洋的低吟，或是一群公牛一再冲撞畜栏发出的尖锐哀嚎。

每逢夏季，因为昼长夜短，他们回到村子时，天还是亮的。他们通常沿着隧道上方的小路回家，并且刻意挑选长途火车经过的时刻。俯卧在小土丘上，眼鼻探出隧道口边缘，两个小孩颇不耐烦地等着火车到来。耳畔传来回荡山谷间的幽远回音，距离火车大军驶近，时间充裕得很。然后，当火车蹿出隧道口时，一阵浓烟盘旋，呛得他们直打喷嚏，并且哧哧笑个不停。接着，他们目送火车驶离，缓慢的车身规律地摇晃着，几乎伸手可及。

就在这里，岔出了一条牧羊小径，往下通往公路。河流从桥下流过，涛涛水流声，仿佛一摊大瀑布。这是一条高山河流，沿途冲蚀了不少顽固巨岩。低沉的水流声，停滞在往下二十米处的“英国佬水塘”，那是他们在酷暑午后的戏水之处。

河流与公路的汇合处，距离村子有一公里距离，“独臂佬”吉诺的小酒馆就在这里。“猫头鹰”达尼仍记得那段美好时光，一段轻易就有廉价交易的岁月。那时候，只要付一点点钱，“独臂佬”就会给他们一大杯木桶装的苹果酒，而且还陪他们闲聊。不过，最近情况已有转变，如今的“独臂佬”吉诺，付他五毛钱，顶多跟他们聊上几句罢了。

“独臂佬”吉诺的小酒馆几乎无人光顾了。“独臂佬”这个人慷慨到了挥霍的地步，即使再自身难保还是一样大方。在吉诺的小酒馆里，后来只剩下一种品质低劣的红酒，顶多只能应付五百米外河岸上的铁钉工厂一些口渴的员工。

过了小酒馆之后，转进左边最后一个弯道，随即可见“猫头鹰”父亲的乳酪工坊。正对面的前方，往大草原里面再走一小段就是火车站了，车站旁边是一幢红白相间的鲜艳小屋，托运员古哥就住在这儿。接着是一大段陡峭的斜坡，村子就从这里开始延伸。

那就是他的小村庄，既落后又粗俗。村舍都是石砌房子，开放通风的长廊，上方悬着木制垂花饰，大多漆成蓝色，每逢春夏，尽与充斥长廊和阳台上的天竺葵红花绿叶相互争辉。

左手边的第一栋房子是药局。隔壁是马厩，那是药剂师村长赖孟的豪华畜栏，里面满是愉快、温吞又和善的乳牛。药局门上有个小铃铛，铃铛响起时，接下来的几分钟，赖孟先生只得从他的村务工作暂时回到本业。

斜坡继续往上走，接着看到的是侯爵安东尼奥的大宅院，周围有光滑坚固的石砌高墙保护着；然后是鞋匠的工坊；接下来是村公所，正面外墙上挂着古旧的盾牌；紧接着是辣椒姐妹的杂货店，以及她那片花哨繁复的橱窗；尽头则是人尽皆知的玻璃长廊，两边各连着一排建筑物；长廊右边是广场，满布牛粪和碎石，正中央是具有两条喷水管的公共喷水池；广场对面是银行，紧邻的三栋民宅，屋前各有个小花园。

往右边望去，位于药局对面的是“拉丁美洲暴发户”贺瑞德的农庄，这座农庄里的果树收成的水果是全区最美味的；接着是不信上帝的“大肚佬”拥有的马厩，这里曾经放过电影；然后是“慢郎中”酒馆、铁匠巴哥的锻炉、野兔姐妹花负责业务的电信局办公室、“大胃王”阿东的百货行，以及何希神父居住的教区神父住宅，一楼是他的办公室。

斜坡往下走，前方三百米处就是教堂，也是石砌建筑，没有特定的建筑风格，有一座竖直细长的钟塔。教堂对面是小学的新建校舍，墙壁漆上了石灰，窗框全都漆成绿色，紧邻的是莫席老师的宿舍。

放眼望去，这座村子和其他村镇没什么不同。但是对“猫头鹰”达尼来说，这座村子的一切是如此与众不同。村子里的各种问题并不粗俗，这里的生活形态也彰显其优异性，甚至所有活动都具备某种正面的意义。只是，其他乡亲无法认同这一点。

“猫头鹰”达尼经常驻足凝视着村子里蜿蜒曲折的街道巷弄，满是牛粪和碎石的广场，还有那些丑陋的屋舍，除了实用价值之外便一无可取了。然而，他丝毫不以为忤。构成村镇的并非街道、广场和建筑。一座村镇是由居民和历史建构而成的。而“猫头鹰”达尼也知道，处处可见牛粪大饼的街道上，矗立两旁的一幢幢屋舍里，行走其中的都是值得尊敬的人，现在或许很昏庸，却赋予这个村子和这座山谷一份感情、一份和谐、几项风俗、一种节奏、一种绝无仅有的独特生活方式。

这个村子的乡亲真的就像赖孟村长所言，极度个人主义，极少参与公共事务？大概吧！“猫头鹰”根本不懂个人主义，也不知道何谓参与公共事务，所以他也没有理由否定这样的说法。不过，倘若真是这样，随之而来的麻烦事不会轻易放过这个村子，乡亲们得为自己的罪过付出代价才行。

据说大伙儿宁可广场不铺柏油也不愿加税？大概吧！所以才没发生任何严重的后果。“我们的公共事务真是一团糟！”赖孟先生抓住难得的机会大声疾呼。“大家都只注重个人私利，却忘了有些东西是属于大家的，必须好好爱护。”他说。而且，没有任何人仔细思考过，这种利己主义究竟是美好还是阻碍，到底是人性的堕落还是美德。

然而，不能因为此事，也没有任何理由，任意贬抑村民的效率、认真和严谨。人人各行其道，那是当然，但是所谓的懒惰鬼，不能因为他们不愿参与他人的事务而被称为懒惰鬼。毋庸置疑，村子的乡亲们个个效率过人，而且严谨的态度足堪表率。

辣椒大姐和托运员古哥不够严谨？大概吧！人非圣贤，孰能无过。至于村民的个人主义，年轻男女们周六下午和周日一起消磨时间不好吗？大圣人何希神父经常面色凝重地表示：“大家对所有事情都各做各的，实在令人遗憾，但也不需要成双结群，以此冒犯天主。”

只是，何希神父也不愿好好了解，这样耽溺于快感究竟是美好还是阻碍，到底是人性的堕落还是美德？

4

那些都是过往云烟了，如今回想起来，“猫头鹰”达尼仍是满心喜悦。他那个身为乳酪师傅的父亲，早在没有孩子之前就先想好了名字；他属意那个名字，一直把它放在心里，不断呵护着，几乎就像真的有了孩子一样。后来，过了好一段时日，达尼出生了。

“猫头鹰”达尼忆起了自己的人生初始阶段。他父亲身上总有一股浓郁的味道，整个人就像一块巨型乳酪，柔软、白皙、圆胖。但是，“猫头鹰”达尼就爱父亲那满溢的味道，经常也让他自己沾染了一身，尤其是冬夜里的壁炉前，父亲一边轻抚着他，一边叙述着他名字的由来。

乳酪师傅一直渴望有个儿子，好让他可以取名叫达尼。他跟“猫头鹰”叙述了这件事，当时孩子还不满三岁，他轻抚着那圆圆胖胖的身体，仿佛延续平日制作乳酪的手工活儿。

乳酪师傅有千百个不同的名字可以替儿子命名，但他偏偏就爱达尼这个名字。

“你知道吗？达尼是个先知，他曾经和十只狮子一起被关在笼子里，可是狮子都不敢伤害他呢！”乳酪师傅这样告诉儿子，一边温柔地搓揉他。

一个光靠眼神的锐利光芒就能制伏一群狮子的人，他拥有的是超越全人类的力量；这件奇特非凡的轶事，乳酪师傅从小就很着迷。

“爸爸，狮子会做什么？”

“狮子会咬人，还会把人抓伤。”

“它们比大野狼还要坏吗？”

“它们凶狠多了。”

“什……么？”

乳酪师傅用更浅白的叙述让“猫头鹰”了解，就像一个母亲在喂食幼儿前先咀嚼食物一样。

“它们比大野狼咬的伤口还要大啊！懂吗？”

“猫头鹰”达尼继续追问：

“狮子真的比狗狗还要大吗？”

“大多了。”

“为什么它们不会去咬那个达尼呢？”

乳酪师傅就喜欢深入探讨这个故事：

“他只靠一双眼睛就征服了狮子；他只是盯着狮子看而已呢！他的那双眼睛，具有上帝的力量。”

“什……么？”

他紧紧搂住儿子：

“达尼是上帝的圣徒。”

“那是什么？”

孩子的母亲见状，谨慎地插了话：

“你就别再为难孩子了吧！你已经教他太多这个年龄还不懂的事情啦！”

她把孩子从父亲身边带走，然后就去哄他睡觉了。他母亲也是满身奶酪和乳酪味。他们这个家，所有东西闻起来都是奶酪和乳酪味。那是一种精纯、美妙的气味。他父亲甚至连黑色的手指甲都有那个味道。“猫头鹰”达尼经常想不通的是，他父亲成天和牛奶打交道，为什么手指甲会是黑的？为什么那些漆黑如墨的指甲能够做出如此雪白的乳酪？

后来，父亲开始疏远他了；他不再对儿子搂搂抱抱或是说笑逗弄。这一切，从他父亲发现孩子已经能够自力学习的时候开始。当时，他念小学了，并且为了寻求保护而和“鸟头仔”成了好朋友。即使如此，父亲、母亲以及整个家依旧闻起来是奶酪和乳酪的味道。他还是喜欢那个味道，虽然“鸟头仔”罗贵说他不喜欢，因为那味道跟脚臭没两样。

父亲疏远他就像是命中注定，因为他已经不需要别人照顾了。看着他自己能应付一切，不再需要保护，做父亲的反而失望了。此外，乳酪师傅变得沉默寡言，而且脾气也暴躁起来。在此之前，正如妻子所形容的，他的个性就像小狗一样温顺。都是因为讨厌的节俭习惯把他的个性变得如此烦躁。当节俭使得生活所需无法获得满足时，人就会变得尖酸刻薄，并且充满敌意。乳酪师傅就是这样。任何一笔微不足道的花费或是多余的小额支出，都会惹得他暴跳如雷。他只想省钱，他必须想尽办法省钱，好让“猫头鹰”达尼可以在城里出人头地，让他可以继续升学，不必跟他一样做个苦哈哈的乳酪师傅。

更糟糕的是，没有任何人从中得到任何好处。“猫头鹰”达尼永远不会了解这件事。他父亲很受罪，他母亲很煎熬，他自己也不好过，如果他能够从这个痛苦中获得解脱，那就表示其他人也不必再受苦了。但是，这么一来，已经铺好的路就会因此中断，如果任由“猫头鹰”达尼自作主张，他八成会逃避升学这条路。但是乳酪师傅不会这么做的；达尼一定要继续升学，即使全家都得为此做出极大的牺牲，尤其是他自己。

不会的。“猫头鹰”达尼永远不会了解这些事情的，这都是大人的顽固想法，他们把解放他当作合理的渴望，自认理所当然。解放他？解放什么？在中学或大学里的他，会比在山谷草原上跟“鸟头仔”以干牛粪互丢玩闹更自在吗？嗯，或许是吧！但他永远不会了解的。

另一方面，当他父亲帮他取了达尼这个名字时，根本不知道自己在做什么。几乎所有孩子的父亲在给孩子取名时都是毫无概念的。就像莫老师的父亲、“独臂佬”吉诺的父亲以及百货行“大胃王”阿东的父亲，都是这样。每当大圣人何希神父把盛满圣水的贝壳往新生儿头上浇的时候，没有任何一个父亲知道自己在做什么。倘若他们真的知道自己做了什么事，那么，他们明知道此乃徒劳之举，为什么还要这么做？

“猫头鹰”达尼的名字仅仅使用到童年的第一阶段。进了小学之后，大家就不叫他达尼了，就像莫席老师，他来到村子后没多久，大家就不再称他莫席了。

莫席老师身材颀长消瘦，一副神经质模样。他的样子，就跟皮包骨没两样。他习惯撇起半张嘴，仿佛试图要去咬耳垂似的。或许是安逸，或许是高兴，总之，他那张脸常见的表情，就是嘴角和剪得很低的鬓脚连成一线。这个男人是个怪里怪气的家伙，他常会吓唬“猫头鹰”达尼，而且打从第一天认识就对他很好奇。达尼叫他“步兵”，因为其他小孩都是这么叫的，他也不知道为什么。后来，有人告诉他，这个绰号是法官取的，因为他注意到莫席先生“抬头走路，歪嘴进食”，“猫头鹰”达尼听了，只应了一声“哦”，但还是不明就里，反正跟着大家胡乱叫他“步兵”就是了。

“猫头鹰”达尼发觉他自己其实是个很好奇的人，原来周遭充斥的许多新颖事物，都是值得好好思考的。想当然尔，学校比其他事物更能引起他注意，而比学校更让他关注的，则是“步兵”老师，还有他那张斜撇大半天也不嫌累的嘴巴，以及他那粗黑浓密有如海盗般的鬓角。

鞋匠的儿子黑曼首先注意到了达尼观看事物的方式。那是一种专注、认真，并且贪婪的眼神。

“你们看噢！他看什么东西都很像受到惊吓了一样。”黑曼说道。

于是，大家死盯着他，一看再看。

“而且，他的眼珠子是绿色的，圆圆的眼睛就像猫咪。”侯爵安东尼奥先生的一个远房侄子在一旁补充。

黑曼又开口帮腔，并且说到了重点：

“他看东西的眼神和猫头鹰一样呢！”

“猫头鹰”这个绰号就这样跟定他了，他父亲和先知达尼，十只狮子和他被关在同一个笼子里的奇特事迹，以及先知那双具有催眠神力的眼睛，全都无所谓了。不管做父亲的乳酪师傅愿不愿意，“猫头鹰”达尼的眼神就是制止不了那群小孩的主张。达尼成了只有家人才叫的名字。出了家门，大家只叫他“猫头鹰”。

他父亲试着想办法保留他的名字，甚至不惜和一个在火车上纳凉的老太婆吵了一架；但是，一切都是枉然。企图阻止这件事，就像企图阻挡春季河川里的激流一样。白费工夫。反正他一直都是“猫头鹰”，就像莫席先生是“步兵”，罗贵是“鸟头仔”，阿东是“大胃王”，杂货店老板娘鲁拉是“辣椒大姐”，村子里的接线生是“卡屎姐妹花”或是“野兔姐妹花”。

这个村子的人对于经过受洗圣事的名字，压根儿就没放在眼里。

5

说真的，“辣椒大姐”一张红通通的圆脸，呛辣、尖酸的个性有如烧酒，这个绰号还真是名副其实。此外，她还喜欢搬弄是非。幸好东家长西家短的长舌妇也不尽是坏人。但话说回来，她们也没有任何权力牵着整个村子的鼻子走。这个村子希望能朝着自由、独立的方向发展，她爱怎么说闲话就由她去吧，管他“大肚佬”信不信上帝，管他铁匠巴哥是滴酒不沾或经常买醉，管他“猫头鹰”达尼的父亲制作乳酪时双手是干净的或指甲藏污纳垢。如果她那么介意，大不了别吃乳酪算了。

“猫头鹰”达尼认为“辣椒大姐”的所作所为根本不算是好人。一直忍受她傲慢态度的旁人，包括提名她担任好几个慈善团体主席的那些人，他们才是好人。“辣椒大姐”是个恶毒如蛇蝎的丑八怪。“大胃王”阿东也会赞成他这么说的，只是“大胃王”心里想的可不止这样，他在意的不只是“辣椒大姐”外貌和道德上的缺陷，尤其是她对他造成的生意竞争压力。

尽管“辣椒大姐”皮肤红通通的，身材却又高又瘦，仿佛爬杆取物游戏里的那根杆子，只是这根杆子顶端什么奖品都没有就是了。总之，“辣椒大姐”身上除了发育过度的鼻子，喜欢插手他人私生活的极度热情，以及脑子里总是源源不绝的猜疑之外，其他啥都没有。

她常让大圣人何希神父伤透脑筋。

“我说，何希神父啊……”无论是什么日子，即使在弥撒正要开始的前一分钟，她也会这样对他说道，“我昨晚一直睡不着，心里老是想着，如果耶稣基督在加尔瓦略山被钉在十字架上时只有他单独一人，而所有门徒都睡着了，这么一来，究竟是谁看见了耶稣基督淌出的鲜血呢?”

何希神父眯着他那双小眼睛，目光锐利得像是大头针。

“你尽管放心好了，孩子，这些事情，我们都是借由启示而学会的。”

“辣椒大姐”莫名其妙地啜泣了起来，接着端出一张哭丧的脸，说道：

“何希神父啊，您说，我心里琢磨着这些事情，还可以安心领圣体吗？”

何希神父以职业上应有的耐心忍受着她：

“如果你没有其他过失的话，你可以领圣体的。”

这种场景日复一日上演着。

“何希神父，我昨晚整夜没合眼，心里一直想着‘大肚佬’的事情。这个男人不信上帝，为什么可以接受婚配圣事？”

过了几个钟头之后。

“何希神父，不知道您能不能宽恕我呀！昨儿个礼拜天，我读了一本罪恶之书，内容谈的是英国的宗教。新教徒在那里占大多数。何希神父啊，您觉得……如果我生在英国的话，会不会变成新教徒啊？”

何希神父咽了一下口水。

“那也不是什么严重的问题啊，孩子。”

“可是我很自责啊，神父，因为我有可能生在英国而成为新教徒啊！”

“猫头鹰”达尼出生那年，“辣椒大姐”鲁拉三十九岁。三年之后，上帝在她最伤心时对她做出了惩罚。不过，“辣椒大姐”把自己的痛苦以严厉且粗暴的方式强加在左邻右舍身上，也是不争的事实。

既然鲁拉被称作“辣椒大姐”，可想而知，她还有辣椒妹妹。事情是这样的；辣椒家有三姊妹，不过现在只剩下大姐和小妹：辣椒姊妹双人组。她们的父亲当年是民防队出身，曾在小镇上担任队长职务多年。根据世上永远少不了的恶毒闲话指出，这位民防队长去世时，因为此生没能生个儿子抱憾而终，而他留下的存款，足以让三个女儿开店经商。当然啦，这位军官去世的那个年代，一份民防队士官的薪水，撙节度日的话，还可以存点钱的。自从民防队长去世后——其妻已在两年前离世——“辣椒大姐”鲁拉就负责掌管家务。她仗着自己的年纪和身高，强迫两个妹妹服从她的管教。

“猫头鹰”达尼认识的只有辣椒姊妹双人组，不过，他曾在村子里听人说过，辣椒姐妹花的老二就跟两位姊妹一样骨瘦如柴，当时，分辨辣椒三姊妹可是件麻烦事，没经过一番巨细靡遗的分析是无法辨识的。

就算外表神似，那也遮掩不了两位妹妹活在大姐淫威之下的炼狱生活。排行老二的那个粗枝大叶又懒散，她的个性和行为在镇上人尽皆知，辣椒家的屋子和店铺边的隔间里经常传出叫嚣和刺耳的斥责声，根据三姑六婆的闲言闲语，三姊妹的关系甚至更糟。这是真的，村子里大伙儿都这样说，八成错不了，因为大家都这么说，辣椒三姊妹住在一起以后，从来没有一天缺席过大圣人何希神父每天早上八点在教堂主持的弥撒。不管寒冷、下雨或打雷，三姊妹总是直挺挺地走在路上。她们的步伐除了规律之外，而且还很有力，因为她们的父亲除了留下一大笔存款，还替女儿们留下宝贵的军事训练和军人精神。一、二，一、二……辣椒三姊妹踢着正步向前走，挺着她们扁平的胸部、瘦削的腰身以及傲慢的神态，走向教堂，头纱在下巴打了个结，腋下则夹着弥撒经书。

有一年冬季，排行中间的艾丽娜过世了。在那个雾霭弥漫、细雨纷飞的早晨，她的生命骤然休止。大伙儿去向姊妹俩表达慰问之意，只见“辣椒大姐”在胸前画着十字，不断重复说道：

“上帝做此决定是睿智且公平的；他把我们家最没用的人带回去了。让我们感谢上帝吧！”

后来到了教堂旁的小墓园，好几位乡亲大婶在给辣椒二姐遗体撒土时忍不住啜泣。“辣椒大姐”当着她们的面，高傲地斥责道：

“你们不必为她哭泣！她是被懒惰害死的。”

从那时候起，大圣人何希神父每天早上八点的弥撒，辣椒三姊妹变成双人组，何希神父在祭坛前祈祷，不禁思念起死去的辣椒二姐消瘦单薄的身影。

不过，接下来还有更糟糕的事情发生在辣椒家的小妹身上。总之，辣椒二姐的死是命中注定，同样瘦巴巴的小妹惹出来的麻烦，则是她自己豪放随便的行为造成的。

当时，村子里刚成立了一家小小的银行分行，坐落在广场旁。分行主任是个英俊的银行小行员，衣着讲究，街上的婆婆妈妈们从柜台小窗口盯过他那张脸之后，随即向他奉上存款。这是银行用来吸引顾客的极佳诱饵。这样的方式，换了任何一家具有规模的银行大概都会弃之不用，但在这样的小镇却是成效卓著。当时正要开始念法律的药剂师之子赖莫直呼可惜，就怪自己还不够格写一篇题为《个人对乡镇经济造成的重要影响》的博士论文。他所谓的“经济”指的其实是“存款”，至于“乡镇”，具体而言，就是他的故乡小镇。不过，“乡镇经济”听起来挺像一回事的，而这个假设的论文题目，虽然只是随口开的玩笑，却也展现了相当的格局和深度。

银行小职员狄马士来了之后，镇上凡是做父亲的和为人夫的，全都提高警觉。大圣人何希神父和狄马士先生聊过几次，得到的结论是，他那撮胡子可以拿来把镇上打扫一番。神父和狄马士之间的密集交流，不仅冲淡了父亲们和丈夫们的疑虑，就连辣椒家的小妹都认为，偶尔让狄马士先生陪她走走，并非轻率，也没有抵触信仰，不过，她大姐早已气急败坏，高声怒斥她“既放荡又轻浮”。

辣椒家的小妹脑中确实领悟到一件事，那片山谷，仿佛一处空荡幽暗的监牢，此时，天际突然在她面前开展，而且，她这辈子第一次领略到高山之美，如诗般的田野绿意，以及划破山谷夜空的刺耳汽笛声。总之，都是些琐碎小事，但当一个人意乱情迷时，这些小事就成了意义重大的非凡事物了。

那天下午，“辣椒小妹”一如往常散过步之后，喜滋滋地回来了。

她说道：“大姐！我不知道你对狄马士的反感是打哪儿来的。他是我见过最好的人了。今天，我跟他聊起我们家的积蓄，他马上就提供了四种存款方式。我告诉他，我们家的钱都存在城里的银行，这件事，我得跟你谈过之后才能做决定。”

“辣椒大姐”强忍怒气地叫嚣道：

“你有没有跟他说，我们家的积蓄只有一千块杜罗（duro）啊？”

面对大姐的穷酸挖苦，自以为机灵的“辣椒小妹”脸上端出微笑：

“当然没有！积蓄的数目，我是绝口不提的。”

“辣椒大姐”鲁拉耷着她瘦骨嶙峋的肩膀，一副无能为力的样子。接着，她咆哮了起来，尖细鼻子下的那张嘴吐出一连串字句，仿佛是坐了滑梯似的。

“你到底有没有搞清楚我跟你说过的话？这个男人根本就是个无赖，他只是在玩弄你！你没看见镇上所有的人都在议论纷纷吗？大家都在取笑你的愚蠢，你知道吗？整个镇上大概就只有你不知道吧，小妹。”这时候，她突然换了个温和的语气。“你今年都三十六了，依莲娜；你的年纪都可以当那个男孩的妈了。你自己好好想一想吧！”

“辣椒小妹”依莲娜反弹的情绪如排山倒海般急涌。

“鲁拉，说真的，你的嫉妒真的让我很难受。你的恶意影射让我很生气。我认为，一个男人和一个女人谈得来，根本不是什么大不了的事。两人年纪差个几岁也没什么。只是，镇上所有的女人，而且是你起的头，你们都在嫉妒我。事情就是这么简单！”

辣椒姊妹俩从此交恶，不相往来。隔天下午，托运员古哥在镇上宣布，“辣椒小妹”依莲娜小姐和狄马士先生搭着客货混合列车进城去了。“辣椒大姐”闻讯，当场气得满脸通红，神志则越来越模糊。接着，她就这样晕了过去。持续了五分钟之后，她的意志恢复清醒了。此时，她从一个老旧的大箱子里翻出她父亲去世时保留至今的黑色洋装，换上了黑洋装之后，她随即快步前往神父寓所。

“何希神父，我的天啊！这是多么不幸的事情啊！”她边进门边嚷着。

“你先冷静一下，孩子。”

“辣椒大姐”在神父办公桌旁的一张藤椅坐了下来。她以眼神质问着神父。

"是的，我已经知道那件事了。古哥都跟我说了。"神父答道。

她使劲地深呼吸，肋骨似乎也在咔啦咔啦地响，仿佛全都撞成一团了。接着，她拭去脸上那滴圆润密实如雨滴的泪水。

"您可要好好听我说呀，何希先生！我有个很可怕的疑惑，这个疑惑正腐蚀着我的五脏六腑。我妹妹依莲娜已经变成妓女了，是不是这样啊？"

神父脸上微微泛红：

"住口！孩子，不要胡说八道。"

神父合上手边正在读的每日祈祷书，清了清嗓子，只是，再发出的声音还是有浓浓的鼻音。

"你听着……一个为了爱情而献身给男人的女子不是妓女。妓女是指利用上帝给的肉体和灵魂去从事不正当交易的女人；为了报酬，她可以献身所有的男人。你了解两者之间的差别吗？"

"辣椒大姐"挺起胸膛，一副毫不留情的态势：

"神父，不管怎么说，依莲娜的行为已经犯下了非常严重的罪，而且是很恶心的罪行。对吧？"

神父应道："没错，孩子。可是也没有到无法挽回的地步啦！我想我对狄马士先生有相当程度的认识，在我看来，这个年轻人还不错。他们俩以后会结婚的。"

"辣椒大姐"枯瘦的手指覆盖着双眼，接着发出啜泣声。

"神父啊神父，还有一件事啊！我妹妹的血液已经沾染了激情。她的血是带有罪孽的血。而我身上流的血是跟她一样的。我应该多想想办法处理这件事的。神父啊神父，我为了这件事很自责。我是真的很痛苦，为了这件事，我好后悔。"

大圣人何希神父站了起来，手指碰了碰她的头：

"走吧！孩子。回家去冷静冷静。你没有犯任何过错。依莲娜的事情，我们再想想办法吧！"

就这样，"辣椒大姐"鲁拉离开了神父寓所。此时的她，确实比较宽慰了些。返家途中，她重复咕哝了不下千次，她必须公开表达自己的痛苦和羞耻，因为痛失尊严比失去生命更可悲。在这个念头促使之下，她一进家门便赶紧从一个鞋盒剪下一块纸板，接着，她拿着一支水彩笔，神情紧张地写下：

尊严丧失，恕不营业。

然后，她上街，把纸板挂在店门上。

村子里的乡亲们告诉"猫头鹰"达尼，店铺停止营业了整整十天。

6

不过，“猫头鹰”达尼现在总算知道肚子不争气和流产是怎么一回事了。到了一定的年纪，这些事情就会变得很单纯，也很容易理解。以前，他觉得这些事情跟巫术没两样。女人的发育唯有到了外表有显著特征时，才会在人类的大脑占有一席之地。这在初次领圣餐之前几乎不曾发生过。在这个年纪之前，双眼看不出任何明显变化，而那种单纯，后来甚至让我们觉得厌烦。

至于鞋匠的儿子“小癞子”黑曼，他也知道肚子不争气和流产是怎么一回事。无论何时何地，“小癞子”黑曼始终是个好朋友，即使在最艰难的时刻也是。“猫头鹰”达尼和他的交情，还不至于像“鸟头仔”那么好，但这不能怪他，也不是“猫头鹰”达尼的错，更不能归咎按照我们的意愿而呈现的任何事物和怪象。

“小癞子”黑曼是个骨瘦如柴的男孩，既虚弱又苍白。倘若他的发色不是如此乌黑，顶上的秃头大概也不会这么明显。“小癞子”黑曼打从幼童时期就秃了头，“小癞子”这个绰号一定是这样来的，不过，他的秃头和所谓的头癣完全是两回事。

他的鞋匠父亲有个小铺子，就在马路左边，过了侯爵安东尼奥的宅邸就是了。除了有个铺子，他还有十个孩子：其中六个单独报到，另外四个是两对双胞胎。他的妻子本身是双胞胎，妻子的母亲也是，他有个住在加泰罗尼亚的姐姐也是双胞胎，而且还生了三胞胎，不但因此上了报，省长还亲自登门送礼。这一切显然都是有迹可循的。鞋匠一直认为这些现象都是芽孢杆菌惹的祸，“就和任何其他疾病一样”，大家也懒得去纠正他的想法了。

从正面看过去，鞋匠阿雷倒也像是个食指浩繁的一家之主；从侧面来看，根本不可能。镇上的人常故意对他说道：“阿雷，你真是不可貌相啊！”以他瘦弱干瘪的身形看来，这句话其实蛮贴切的。此外，他这个人的身体严重前倾，有人说这是职业病，有人说这是他喜欢盯着女孩子的小腿肚看得入迷的结果。比起从正面或侧面来看，这个姿势比较容易让人联想他是十个孩子的父亲。而这个子女数目还算少的，鞋匠阿雷的小铺子里总是摆满了饲养莺鸟、金丝雀和红雀的鸟笼，每逢春季，满屋子扰人且刺耳的唧唧声，加上十几只蟋蟀大军，吵得人不得安宁。这个以生育力而名闻乡里的男子，也爱拿自己饲养的小鸟做各种实验。他把莺鸟和金丝雀以及金丝雀和红雀混合交配，就想看看它们会生出什么样的小鸟，他很有把握，混种的鸟类会比纯种鸟能发出更悦耳、更优美的鸟鸣。

鞋匠阿雷尤其是个颇有哲思的人。如果有人告诉他："你有十个小孩还不够啊？为什么还养了这么多鸟？"他是这么回答的："因为鸟鸣能让我听不见小孩的吵闹声。"

另一方面，他的大部分子女已经到了叛逆的年龄。最难熬的那几年总算过去了。说到年纪，当初为了第一对双胞胎的年纪问题，他和户政事务所主任争得面红耳赤，因为铁匠坚持要更改两个孩子的年龄。

"可是，我的老天爷……双胞胎的年纪怎么可能不一样呢？"主任说道。

鞋匠阿雷将视线从一个前来登记兄长过世的女孩粗壮的小腿移开。接着，他缩起了脖子，那副模样，让人联想起缩进壳里的蜗牛，答道：

"事情简单得很；安德雷斯是除夕夜十一点五十分出

生的，但是马力阿诺出生的时候已经是新年了。”

然而，这两个孩子的出生日期都是登记十二月三十一日，“不可貌相”的阿雷后来也只好接受两个孩子的生日是同一天。

另外一个儿子多玛斯已经在城里安顿下来，他在一家公交车公司找到一份差事。还有个儿子阿饼则在小铺子里帮忙。其他的都是女儿，当然啦，她们都得帮忙照顾家里的幺弟“小癞子”黑曼。

“小癞子”黑曼曾说，“猫头鹰”达尼入学那天，总是带着惊慌的眼神东张西望。其实，达尼的绰号是“小癞子”黑曼取的，但是达尼非但没有因此而记恨，反而从上小学第一天开始就和他成了好朋友。

“小癞子”黑曼的秃头并不是互相了解的障碍。若是真有影响的话，那只能说秃头让两人的友谊进展更顺利，因为“猫头鹰”达尼从一认识他就对他的顶上风光充满兴趣，几块泛白的秃岛散布在黑发汪洋中，这就是“小癞子”的头。

不过，虽然鞋匠一家人和其他几位小朋友都不担心“小癞子”的秃头，但是母性泛滥、管遍村子里大小事的“辣椒大姐”倒是打定主意要插手，当然，这又是一桩和她毫不相干的闲事。但是，就算没人找她，“辣椒大姐”还是热衷干涉他人事务。她认为自己对别人的浓厚兴趣，源于她的满怀仁慈以及高度博爱，实际上，那是“辣椒大姐”到处嗅探他人闲事的伎俩，端出的借口不太有说服力，倒是很有分寸也很谨慎。

有天午后，“不可貌相”的阿雷正在肮脏狭窄的小铺子里勤快干活，“辣椒大姐”鲁拉的造访让他很讶异。

“鞋匠啊！”她还没在他面前站定已经等不及开了口。“您是怎么处理孩子的秃头问题的？”

鞋匠继续干活，视线没离开过手边的工作。

“算了吧！夫人。一百年以后就不会有人注意到他的秃头啦！”

蟋蟀、莺鸟和红雀一时剑拔弩张，突然发出骇人的嘈杂声，“辣椒大姐”和鞋匠只好以叫嚣的方式交谈。

“拿着！”她补上一句，语气很霸道，“每天晚上替他抹上这个药膏。”

鞋匠抬头看了看她，接下了药膏，仔细端详了半晌，然后，他把药膏归还给“辣椒大姐”。

“您留着吧！这个不管用啦！其实这里说孩子的秃头是鸟儿传染的。”

接着，他径自干活。

那个理由或真或假。“小癞子”黑曼很小就对鸟类怀有强烈的喜好。这一定和他人生最初记忆里刺耳的莺鸟、金丝雀和红雀啼声有关系。在这片山谷里，没有人比“小癞子”黑曼更了解鸟类，而且，为了鸟类，他可以一整个礼拜不吃不喝。这个特质显然对“鸟头仔”罗贵产生了极大影响，才会让他愿意和这个体格如此瘦弱的小孩建立友谊。

曾有数不清的午后，才刚踏出校门，黑曼等不及对他们说道：

“走！我知道有一窝刚出生的小鸟！有十二只哩！就在药剂师家的围墙上。”

或者是这样的提议：

“你们跟我一起去‘拉丁美洲暴发户’的牧场。现在下着小雨，这种时候，鸫鸟就会出来踩牛屎。”

“小癞子”黑曼能够凭着禽鸟的凶猛程度、振翅的幅度和鸟鸣来分辨鸟类，无人能出其右；他能够猜出鸟类的天性；他对鸟类的习性知之甚详；他能预料天候变化对鸟类造成的影响，而且他还说，如果可以的话，但愿有机会学习飞行。

可想而知，对“猫头鹰”和“鸟头仔”而言，这些本事都是无价之宝。如果他们去看鸟，旁边一定少不了“小癞子”黑曼，就像猎人在判断猎物所在时少不了猎犬相助一样。

另一方面，鞋匠小儿子这个嗜好也招致了一些严重且遗憾的倒霉事。有一回，他在隧道上方的灌木丛中找寻红翼鸫，突然失去重心，狠狠摔落在铁轨上，断了一条腿。

过了一个月之后，黎开度先生把他的脚医治好了，但是“小癞子”黑曼这辈子都得跛着右脚走路。当然啦，他对这件事不是很在乎，即使遭遇这样的倒霉事，他依旧以同样的热情四处找寻鸟巢。

还有一回，他为了窥伺鸫鸟，失足从一棵野生樱桃树上跌了下来，恰好落在黑莓丛里。一根刺不偏不倚地把他的右耳垂切割成两半，因为他说什么也不愿意缝合，于是断裂的右耳垂看起来就像一件燕尾服似的。

然而，就算挨了这些苦头，“小癞子”黑曼却从未抱怨过自己的跛脚、断裂的耳垂，或是他父亲口中因为被鸟传染而造成的秃头。倘若这一切厄运皆是因鸟而起，那么他会欢喜承受的。他那份坚忍耐力，永无极限。

“你这里不会痛啊？”某一天，“鸟头仔”问起他的耳朵。

“小癞子”黑曼面带微笑，笑容一如往常的苍白且哀愁。

“快要下雨的时候，我的脚偶尔会痛。耳朵从来没痛过。”他说道。

对“鸟头仔”罗贵而言，“小癞子”比单纯的鸟类专家多了一份更珍贵的价值，就是他那副虚弱的身材。在这方面，“小癞子”黑曼是找碴时无懈可击的引爆点。而“鸟头仔”罗贵对打架的需求程度，就像人每天得吃面包一样。盛夏时节，每当附近村镇举行朝圣游行时，“鸟头仔”经常找机会练练他的一身肌肉。这件事，从来都不需要什么理由的。一个村子里的老大对于附近乡镇农村的混混头子总有潜藏的兴致和霸权心态。而纤瘦柔弱的“小癞子”黑曼，就成了罗贵和对手之间的极佳接触点；一个为了抢得绝对优势的绝妙试金石。

挑起敌意的过程始终如一。“鸟头仔”罗贵先从远处观察形势，接着，他在“小癞子”耳边低语：

“你走到他们前面，死盯着他们看，就好像你巴不得要把他们吃的榛果抢过来一样。”

满怀恐惧的“小癞子”黑曼步步趋近。不管怎么样，挨个耳光是免不了的。不过，他和“鸟头仔”的好交情不会因为一时之痛就一笔勾销。他驻足在距离对手人马两米处，眼神坚定地逼视着所有成员。威胁恫吓等不及出口了：

“你在看啥？笨蛋！你是不是连垃圾都没吃过啊？”

“小癞子”不动声色，他与对手互望着，眼睛眨都不眨一下，姿势不变，只是两条腿微微颤抖。他知道，“猫头鹰”达尼和“鸟头仔”罗贵正在乐队表演台后面暗中观望着。对手人马的老大开口了：

“听见没有？你这蠢蛋，你要不就立刻滚开，不然我就让你脑袋开花。”

“小癞子”黑曼一副充耳不闻的模样，一双眼睛仿佛两座灯塔，始终聚焦那包榛果，他纹丝不动，不发一语。至于内心深处，他已经盘算着万一真的打起来了，脚下那片草地是否足够厚软，可以缓和重摔落地的力道。对手人马的小喽啰已经失去耐心：

“你看招吧！鸡婆混蛋，学着点儿！”

这件事实在无法解释，但是碰到类似状况，“小癞子”黑曼总会在挨拳之前看见“鸟头仔”令人慰藉的身影。他的身影让人安心，他的声音逐渐接近，语气火爆，充满保护力：

“你打我的朋友，是不是？”接着，他语带疼惜地对“小癞子”说道，“小癞子，你对他说了什么吗？”

“我根本就没开口。他打我，就因为我看他。”

打斗已经结束，“鸟头仔”自认有理，因为对方只因为朋友看他就打人，换言之，根据小混混的道上规矩，这个打人的理由不够充分，也不公平。

“鸟头仔”罗贵在打架这种事情上一定比人强，最后总是坐在对手的“地盘”上，大口吃着他们的榛果。

7

他们三人之间不容有意见相左的状况。大家都得服从事先讲好的会合地点。“猫头鹰”达尼明白得很，他不可能强迫“鸟头仔”的，虽然他的脑筋好多了，至于“小癞子”黑曼，他很清楚自己怎么也比不过另外两人，即使他在鸟类这方面的经验比他们丰富多了。在这方面，主导形势的绝对优势，不是聪明才智，不是才干能力，也不是坚定意志，而是二头肌。总之，这样的结果既合理又恰当，并且合乎逻辑。

但不能否认的是，“猫头鹰”达尼是三人之中唯一能够攀上疾行货运列车的人，甚至客货两用列车，只要不是空车或新车都不成问题。“鸟头仔”和“小癞子”跑得没有他快，不过，轻盈的双腿不足以构成优势条件。顶多代表了一种令人佩服的特质，如此而已。

每到周日午后以及暑假期间，三个哥儿们常去的地方是大草原、山区、九柱戏场地和河边。他们的休闲娱乐多彩多姿，变化多端，有点儿野蛮，而且都很简单。像他们这种年纪，无论在哪里，消遣娱乐俯拾即是。有时候，他们利用弹弓进行恐怖的猎杀行动，瞄准的是鸫鸟、乌鸫和红翼鸫。“小癞子”黑曼清楚得很，捕猎鸫鸟、乌鸫和红翼鸫，总之，所有鸫科鸟类都一样，最好守在一边等着，黑莓丛边和荆棘篱笆旁都可以，出手时机是天气炎热的时段。若要在树林里或铁道旁猎杀这些鸟，就必须趁它们仍有睡意的时候，那可得起个大早才行。因此，他们偏好在大热天猎鸟，专挑这些小鸟儿在灌木丛间懒洋洋地睡午觉的时候。射击是这样的，距离若能短一点儿，瞄准的目标若能平静一点儿，猎物就比较有把握到手。

对“猫头鹰”达尼来说，没有任何美味佳肴比得上鸟肉炖饭。若能分得一只猎物，他甚至喜欢自己拔毛，借由这个方式，有一天他终于领略，几乎所有鸫鸟羽毛下都长了虱子。当他把这个绝妙的发现告诉“小癞子”时，得到的回应却令他非常失望。

"你现在才知道哦？几乎所有的鸟类羽毛底下都有虱子。我爸爸说，我就是去碰到一只布谷鸟才会变成癞痢头的。"

"猫头鹰"达尼以此为由，从此不再费心发掘与鸟类相关的事物。如果他想知道有关鸟类的事情，直接去问"小癞子"会更轻松、更快速。

有时候，他们会去九柱戏场地玩上一场。在这里，"鸟头仔"罗贵占有绝对优势。他们从一开始就看不出有任何胜算，到了比赛结束时，两人的得分总是少得可笑，而"鸟头仔"却能轻而易举地取得最高分。比赛过程中，"鸟头仔"展现的是一个成年人才有的力气、慎重和灵活。在冠军杯的比赛当中，几乎村子里所有成年男子都来参赛，"鸟头仔"每次的竞赛成绩从未低于第四名。这样的早熟表现，却让他姐姐萨拉火冒三丈。

"畜生！你这个畜生！你以后会比你老子更粗鲁！"

铁匠巴哥以充满期待的眼神盯着她。

"这就是上帝的期望啊！"他以宛如祈祷的语气应道。

不过，三个好友造访最密集也让他们最尽兴的玩乐地点是河边，恰巧就在"独臂佬"吉诺的小酒馆对面。一片大草原由此延展，草原中央是一棵巨大的橡树，尽头则是一排陡峭的石壁，将这座村子和山谷其他地区做了区隔。石壁对面就是"英国佬水塘"，往下再走几米，河水在岩石和砾石潺潺流动，水深只是浅浅一层。他们常在这一带徒手抓螃蟹，首先小心翼翼地扳开石头，然后掐住蟹壳最宽的部分，此时的螃蟹蜷缩着，蟹脚笨拙地或伸或收，为了逃脱，仍坚持不懈地做着无谓的最后挣扎。

有时候，他们会在“英国佬水塘”里钓鱼，数以百计的小鱼，一群又一群地在水里游荡，数量之大，常常让池水显现一片乌黑。只要往水塘里扔个颜色鲜艳的诱饵，轻易就能捕获几十条鱼。糟糕的是，鱼群数量大，捞捕也容易，三个男孩就开始觉得没意思了，最后只落得败兴而归。采野生的山桑子、山楂、桑椹和榛果也是同样的状况。他们也对莫席老师在课外活动时间安排的节目嗤之以鼻，不是要学生采桑椹或山楂送给母亲，就是去钓鱼苗。让他们最瞧不起的是，这群参加莫老师课外活动的学生，学期结束时总能获得优异成绩和极佳评语。“乌头仔”罗贵、“猫头鹰”达尼和“小癞子”黑曼打从心底瞧不起这些人，至少采野生桑椹和山楂以及钓鱼苗让他们有这样的感受。

炎炎夏日，三个好朋友常到“英国佬水塘”游泳。能让皮肤直接碰水、冲凉，简直是无与伦比的欢愉。他们三人游的是狗爬式，在水中打水、前进的方式就跟小狗一样，一旦潜入水里，根本就搞不清楚往前一百米就会顺流而下，再往前几百米碰到的则是逆流，在这里，生命根本一文不值。

就在某个戏水消暑的午后，三人上岸后，擦干了身体，躺在老橡树大草原上做日光浴，“猫头鹰”达尼和“小癞子”黑曼总算明白了肚皮不争气和流产是怎么一回事。当时，两人分别是七岁和八岁，而“鸟头仔”罗贵则穿了一件补丁的内裤，并且前后颠倒，“猫头鹰”和“小癞子”则是光着身子游泳，因为他们还不知道何谓难为情。就在那天下午，“鸟头仔”罗贵唤醒了他们的羞耻心。

不知何故，“猫头鹰”达尼把这整件事和母亲跟他之间的一段对话联想在一起，那是四年前的事了，当时，母亲拿了一张活泼可爱的荷兰乳牛图片给他看。

“好漂亮啊！对不对？达尼。这是一头奶牛呢！”他母亲这样说道。

孩子惊愕地望着图片。他看过的牛奶都是装在铁锅或陶瓮里。

“不对啊！妈妈，这个不是奶牛啦！你看，它又没有陶瓮。”他提出指正。

母亲被他的天真逗得默默微笑着。她让孩子坐在大腿上，然后向他解释：“奶牛本来就没有陶瓮的，孩子。”

他直视母亲的脸，心里正揣测她是不是骗人。母亲又笑了。达尼觉得，这件事情背后似乎藏着什么秘密。当时，他还不知道“这个”的存在，毕竟他才三岁，不过，就在那一瞬间，他有了预感。

“那么，妈妈，它们的牛奶装在哪里呢？”他继续追问，就是要打破砂锅问到底。

他母亲仍呵呵笑着。她支支吾吾了半晌，但还是回应了他：

“当然是在……在肚子里嘛！”

孩子的困惑犹如爆炸似的轰隆作响：

“什……么？”

“我说……乳牛的牛奶都装在它的肚子里，达尼。”她补充道，接着，她用扁扁的指尖指着图片里乳牛的紧实乳房。“猫头鹰”达尼迟疑了一会儿，眼睛一直望着膨胀的乳房；然后，他指了指乳头。

“牛奶就从这个豆豆流出来吗？”他问。

“是啊！小宝贝，牛奶就从这个豆豆流出来。”

那天晚上，达尼嘴里说的，心里想的，都是这件事。他觉得，这整件事在他看来像蒙上了一层神秘面纱，但他母亲却没有这种感觉。她乐不可支，开怀大笑，同时问了他其他事情。渐渐地，“猫头鹰”达尼也淡忘了这件事。几个月之后，他父亲买了一头乳牛。后来，他见到了药剂师饲养的二十头乳牛，还看过了它们挤奶的情形。“猫头鹰”达尼后来再想起这件往事的时候，总忍不住哈哈大笑，他实在无法想像，自己居然曾经以为没有陶瓮的奶牛就挤不出牛奶！

那天下午，在老橡树草原河畔，当“鸟头仔”正在侃侃而谈时，他忆起了那张荷兰乳牛图片。他们刚刚游了泳，丝丝微风舔舐着他们的身子。总之，燠热空气中尽是逼人的潮湿暑气。他们仰卧在草地上，望着一只大鸟凌空飞过。

“猫头鹰”大声嚷嚷：“你们看！那一定是鹳鸟，它在等古叶莱村的女老师。它往那个方向飞过去了。”

“小癞子”急着插话：“那不是鹳鸟，而是一只鹤。”

“鸟头仔”端坐在草地上，噘着嘴，一脸严肃且不悦的神情。“猫头鹰”达尼满怀嫉妒地看着他那宽阔的胸膛或起或伏。

“鹳鸟等待女老师是什么鬼话？你们还在相信这个啊？”“鸟头仔”说道。

“猫头鹰”和“小癞子”随即起身坐在草地上。两人急切地盯着“鸟头仔”；他们觉得他大概会聊聊“这个”。“小癞子”向他挑衅。

“不然小孩是谁带来的呀？”他说。

“鸟头仔”罗贵仍然一副正经八百的模样，优越感不言而喻。

“分娩。”他以坚定干脆的口吻答道。

“分娩？”“猫头鹰”和“小癞子”异口同声问道。

罗贵随即接话。

“没错，分娩。你们没看过兔子生小兔子吗？”

“看过啊！”

“就跟那个一样啊！”

“猫头鹰”脸上露出一副夸张的惊愕表情。

“你的意思是说，我们都是兔子喽？”他大胆提出疑问。

面对两个如此迟钝的同伴，“鸟头仔”忍不住气恼了起来。

“不是这样啦！要把兔子换成女人啦！也就是每个人的妈妈。”

“小癞子”的双眼闪着理解的诡异光芒。

“所以小孩都不是鹳鸟叼来的，对不对？我早就觉得很奇怪了！我就说嘛！为什么鹳鸟会来找我爸爸十次，却连一次都不去找我们邻居‘塌鼻娘’，她一直都想要小孩，而我爸根本就不想要这么多孩子啊！”

“鸟头仔”压低了说话的音量。周遭一片宁静，只闻河川激流的哗啦声，以及枝叶迎风摇曳的沙沙声。“猫头鹰”和“小癞子”张大了嘴。“鸟头仔”说道：

“女人生小孩痛得要死，你们知道吗？”

“猫头鹰”忍不住提出心中的疑虑：

“为什么你会知道这些事情？”

“这些事情，所有基督教徒都知道，只有你们两个笨蛋除外。我妈就是在我出生的时候痛死的。她根本没有生病；她就是痛死的。看来，有些疼痛是无法忍受的，而且会让人痛死。即使你没生病，没有任何毛病；就只是痛而已。”两位听众的高度关注让“鸟头仔”飘飘然，他继续说道：“有些女人生小孩会被对半切开哩！我听我姐姐萨拉说的。”

“小癞子”黑曼追根究底：

“但是她们后来真的会生病的，对吧？”

“鸟头仔”把声音压得更低，更增添了这段对话的神秘性：

“她们看到小孩的时候就生病了。小孩出生的时候全身都是毛，没有眼睛，没有耳朵，也没有鼻子。他们只有一张大嘴巴，等着要吃奶。后来才会长出眼睛、耳朵、鼻子和其他部分。”

“猫头鹰”达尼饱受震撼且充满期待地听着“鸟头仔”这些话。全新的视野在他眼前展开了，无论如何，这是生命和人性的有力证据。霎时，他觉得自己光天化日之下一丝不挂很丢脸。同时，他感受到自己对母亲有着一份鲜明而强烈的爱。他并不知道的是，这是他第一次在内心深处领略血缘之亲。他们之间有个联结，从过往到现在，一直是他母亲不可或缺并且强烈需求的生存理由。母性最美好之处莫过于此；非关运气，也无涉鹳鸟送子这个有点荒谬的怪念头。“猫头鹰”达尼心想，知道诸多关于“这个”，是他最欢喜的事了；他庆幸自己认识了极大疼痛带来的结果，而且母亲能够无畏如此疼痛，就因为她是真心想要生下他。

从此以后，他看待母亲有了不同的角度，比以往更人性、更单纯，也更诚恳、更感动。这是一种如影随形的特殊感受；就像他规律跳动的脉搏一样；也是一种平行对应且互相需要的感动。

此后，“猫头鹰”达尼去“英国佬水塘”游泳时，一定会穿上老旧补丁的内裤，就跟“鸟头仔”一样，并且刻意把背面穿到前面来。这时候，他会想到自己刚出生时的丑样，全身长满了毛，没有眼睛，没有耳朵，没有鼻子，什么都没有，只有一张大嘴巴，急着要吃奶。“就跟一只鼹鼠一样！”他这样暗想。过了半晌，最初的那份震撼，变成了一串止不住的朗朗笑声。

8

根据“乌头仔”罗贵的说法，“辣椒小妹”是村子里肚子不争气的女人之一。这件事虽然难以证实，却也不是特别出人意料，因为辣椒家的姊妹，全身上下大概都不怎么争气。

离家出走三个月又四天之后，“辣椒小妹”搭着长途火车回到村子里。她的返乡和离家出走同样成了整座山谷的重大事件，虽然，这件事也和其他事件一样，事过境迁之后就被人淡忘，然后被其他事件取而代之，同样的，其他事件终究也会被遗忘的。然而，这座山谷细琐朴实的故事，都是以这样的方式逐渐拼凑而成。“辣椒小妹”当然是单独返乡，至于那个银行职员狄马士先生，从此连个影儿都没有，虽然何希神父很武断地认定他不是个坏男人。或好人或坏人，反正狄马士先生已经蒸发了，正如回音消失在空谷中，丝毫不留痕迹。

首先在村子里公布这个消息的是托运员古哥。除了药剂师赖莫先生这个“广播电台”之外，托运员古哥是地方上大伙儿最渴望的谈话对象。他总有最新奇的消息，尽管这些消息不一定有建议性。托运员古哥身材圆胖，活力充沛，个性开朗坦率，看起来就是一派乐天的模样。“猫头鹰”达尼很佩服他，包括他的个性，他的丰富常识，以及他掌控这座山谷所有火车进出与调度的方式。这些都需要能力；一个火车托运员的韧性和组织天分并非即时立现。

“辣椒小妹”依莲娜一下火车，眼眶涌着泪水，身形比三个月前离开时更瘦削、更憔悴。她拖着脚步，看似不得不驼着上半身走路，仿佛肩负着无形的重担。那个重担无疑是深沉的悔恨。她的衣着是寡妇常见的装扮，甚至比寡妇更寡妇，全身裹着丧服，外加一条厚厚的黑色头巾，覆盖了整张脸。

那天已经下过一场雨，“辣椒小妹”走在通往村子的斜坡上，并未小心避开溪流，看来之前在马路上踩过几次洼坑和积水，似乎成了一种怪异的慰藉。

突然瞥见妹妹在店门口踌躇不决，“辣椒大姐”鲁拉一时惊愕不已。一只手频频在眼前挥来挥去，仿佛想要驱赶不祥幽灵似的。

“没错，是我，鲁拉。”辣椒小妹嗫嚅着，“你不要觉得惊讶。我虽然是做错事的罪人，但我还是回来了。你能原谅我吗？”

“就算几万年以后你也别想！你过来！进来吧！”“辣椒大姐”如是说。

姊妹俩的身影隐遁在店铺后面的小隔间。进了小房间之后，姊妹俩默默互望着。“辣椒小妹”始终驼着身子，低着头，神态卑微。做大姐的似乎因为妹妹的归返与悔意而立刻威风了起来。

“依莲娜，你知不知道自己做了什么事？”这是大姐开口对小妹说的第一句话。

“拜托你，别说了！”辣椒小妹先是隐隐啜泣，接着干脆趴在桌面上痛哭流涕了起来。

“辣椒大姐”让妹妹痛快地号啕大哭一番。哭泣是洗涤意识的必经之路。当依莲娜起身时，姊妹俩又一次四目相接。她们几乎不需要以言语沟通了。沟通理解尽在无言中。

“依莲娜，你已经……”

“我已经……”

“我的老天爷啊！”

“他骗了我。”

“是他骗了你，还是你自己骗了自己？”

“随便你爱怎么说都行，大姐。”

“他那时候已经是你丈夫了吗？”

“不是……即使现在也不是。”

“我的老天爷啊！那你已经……”

“没有。他跟我说……他跟我说……”

她突然呜咽了起来。又是一阵静默。接着，“辣椒大姐”开口问道：

“他跟你说了什么？”

“他说我是不下蛋的母鸡。”

“混帐！”

“看吧！我根本就生不出小孩。”

“辣椒大姐”顿时风度尽失，而且火冒三丈。

“你知道自己做错了什么吧？你把脸都丢光啦！你的脸，我的脸，还有我们死去的父母的脸……”

“没有，鲁拉，拜托，我并没有丢脸。”

“不然是什么？”

“我们丑女人根本没有脸可以丢，你就别再自欺欺人了，大姐。”

她说这句话时一副自暴自弃的神情，绝望无助的想法让她更显沮丧。过了半晌，她补上一句：

“他是这么说的。”

“一个女人的名声比生命更可贵，你知不知道？”

“我知道，鲁拉。”

“所以哩？”

“你要我怎么做，我就怎么做，大姐。”

“你真的愿意照做？”

“辣椒小妹”颔首以对。

“我愿意。”她说。

“你的余生只能穿丧服，今后五年不准上街。这就是我提出的条件，你接受吗？”

“我接受。”

“那么，现在就上楼回家去。”

“辣椒大姐”把店门锁上，跟着一起上楼。进了卧房之后，“辣椒小妹”在床沿坐了下来；大姐端着装了热水的脸盆过来，帮她清洗双脚，两人都默不作声。洗完之后，辣椒小妹叹了口气，说道：

“你知道吗？他根本就是个坏蛋。”

辣椒大姐没搭腔，只在一旁静观妹妹悲伤的神态。辣椒小妹继续说道：“他要的是我的钱。那个不要脸的家伙以为我们很有钱；而且是家财万贯。”

“你为什么不赶紧告诉他，我们俩的存款加起来只有一千块杜罗？”

“我一定是疯了，大姐。我怕我说了他就会抛弃我，但是我实在很爱他。”

“你这个疯婆子，该说的却不说，这才是你真正的问题。”

“你知道吗？他把钱都花光了。”

“什么？”

“我还有钱的时候，他就跟我一起住。钱花完了，狄马士这个人也不见了。后来，被他抛弃的我，就像个迷了路的游魂一样。狄马士是坏人啊！鲁拉。这个男人既邪恶又残忍。”

辣椒小妹瘦削的双颊看起来甚至比平常更红了。

“他是个贼！他根本就是个贼。算了，狄马士这一类男人都是一个样儿。”她说道。

激动陈辞结束之后，辣椒小妹反而沉默了。霎时，犹豫未决的念头开始侵蚀她的良知。她以前是怎么说狄马士这个人的？善贼？上帝不会拒绝这一类懊悔吗？辣椒大姐突然深感愧疚。“上帝啊！我诚心祈求您的宽恕。”她这样告诉自己。接着，她提议隔天一大早起床后就去找何希神父忏悔；他一定知道如何宽恕她、安慰她。这是她最迫切的需求：有人给她一点安慰。

辣椒大姐又在眼前挥了挥手，试图借此驱散梦魇。接着，她那个细长的鼻子大声哼了几声，并且说道：

"好啦，小妹，你把衣服换了吧！我回店里去。换洗完毕之后，你可以给走道上的天竺葵浇点儿水，以前，你每次碰到倒霉的事情都会这么做的。明天，你去找何希神父。你那充满罪孽的灵魂必须越早洗涤越好。"

辣椒小妹打断了大姐的谈话：

"鲁拉！"

"怎么了？"

"我觉得很羞耻。"

"你还有啊？"

"有什么？"

"羞耻心啊！"

依莲娜露出一副恼火的神情。

"我不能去，大姐。"

"跟一个陌生男人私奔这件事，应该让你够羞耻了。看在上帝的分上，你就别再装腔作势了。"

"这个……何希神父，何希神父他……他是个圣人啊！鲁拉，你知道的。他没办法理解我的弱点啦！"

"何希神父理解人性的所有弱点，依莲娜。他是上帝的化身。还有，好好地做一次告解也是我的条件之一，懂吗？"

此时传来硬币敲击店铺玻璃窗的叮当声。辣椒大姐显得不耐烦了：

“拜托，你赶快做个决定吧，妹妹；有人在楼下叫门了。”

辣椒小妹依莲娜最后还是妥协了：

“好啦！鲁拉，我明天就去告解。就这么说定了。”

辣椒大姐下楼到店铺里。钥匙转了半圈之后，开门进来的是野兔大姐卡达丽娜。她和家里几个妹妹都有兔唇，小小的鼻子皱成一团，并且不时地膨胀着，仿佛时时刻刻都在嗅闻什么似的。因为这样，大伙儿叫她们野兔姐妹花。此外，大家还给了她们“卡屎姐妹花”的绰号，因为她们的名字都是卡字开头：卡达丽娜、卡门卡米拉、卡丽妲和卡希达，而她们的父亲则有口吃的毛病。

卡达丽娜趋前到柜台旁。

“我买一块钱盐巴。”她说。

辣椒大姐在包装货品的同时，卡大姐抬起她那张野兔似的小脸朝着天花板张望，数秒钟之后，脸上那对鼻翼焦躁地颤动着。

“鲁拉，你家里有别人在啊？”

辣椒大姐口风紧得很，一声不吭。野兔姐妹花是村子里的接线生，她们消息灵通的程度几乎可媲美托运员古哥。辣椒大姐谨慎回应：

“没有啊！为什么这样问呢？”

“楼上好像有声音呢！”

“大概是猫吧！”

“不是，不是，那是走路的脚步声。”

“猫也会走路啊！”

“你听我说，那是人的脚步声啊！该不会是小偷吧？”

辣椒大姐立刻切断话题：

“你的盐，拿去吧！”

野兔大姐又看了看天花板，鼻子始终嗅个不停，人都已经到了店门口，她又转身说道：

“鲁拉，我一直听见楼上有脚步声哎！”

“好啦！再——见！”

辣椒姊妹的小铺子难得像那天下午那样门庭若市，人数突然暴增的顾客，购买的商品一个比一个寒酸，这也是难得一见的现象。

傻女丽达，也就是鞋匠的老婆，她是第二个来光顾的人。

“我要买五毛钱盐巴。”她提出需求。

“你昨天不是才来买过吗？”

“大概吧！我需要更多盐巴嘛！”

沉寂片刻之后，傻女丽达压低了音量说道：

“我说……你楼上的灯亮着呢！这样电表会一直跑的。”

“你要帮我付电费吗？”

“才不要哩！”

“那么，你就让它去跑吧！”

接着陆续来到店里的还有药剂师家的女佣芭喜、“慢郎中”家的女佣努嘉、同样也是肚子不争气的“便壶”玛丽亚、“鸟头仔”的姐姐萨拉、野兔家的另外四个姐妹、侯爵安东尼奥的管家华娜、打从结婚就不信上帝和其他圣人的“大肚佬”的管家卢菲娜，以及另外二十个妇人。除了野兔四姐妹之外，其他人都来买了盐巴，而且大家不是听见楼上有脚步声，就是看见阳台有灯光而担心电表跑个不停。

晚上十点钟，小镇早已重拾宁静，此时却传出铁匠巴哥声如洪钟的嗓音，语气略显笨拙，而且字句拖拖拉拉。他原本在马路上踉踉跄跄，后来驻足在辣椒姐妹家的阳台前。右手握着酒瓶，左手不停地搔着颈背。如果不是所有乡亲都在街口观望，他说出的字句八成也不会这样七零八落又难以理解。

“浪女回头万岁！皮包骨的平胸女人万岁！”他刻意做了个逗趣的惊愕表情，又伸手抓了抓颈背，打了嗝，再次观望着阳台，然后说道：“是谁偷了你的心？狄马士，真是个善良的好贼啊！”

他径自笑了起来，强悍的下巴抵着厚实的胸膛。辣椒姐妹关了灯，并透过窗子细缝观察那个吵吵闹闹的讨厌鬼。“这个人一定疯了。”辣椒大姐鲁拉喃喃低语，同时在街角昏黄的街灯映照下认出了铁匠那头粗硬的红发。当铁匠说出狄马士这个名字时，辣椒小妹突然激动不已。“拜托，快把那个人赶走吧！快把那个男人赶走，大姐。他的声音快把我逼疯了。”

她这样说道。辣椒大姐随手拿起盥洗槽下的水桶，开了窗，把桶子里的水直接往正要开始下一轮欢呼的铁匠巴哥脸上泼。

“万岁……”

从天而降的水柱打断了他的欢呼。那个醉鬼一脸憨样望着天际，举起脏污的双手画着十字，口中念念有词，摇晃着身子在马路上继续往前走。

“巴哥，快回家去吧！待会儿又要下大雨啰！”

9

“猫头鹰”达尼知道，他大概是睡不着了。他那失控的脑袋朝着回忆狂奔而去，激动不已，翻腾不止，片刻不得安宁。最糟糕的是，他隔天一大早得起床搭快车进城。偏偏他非去不可。“猫头鹰”达尼对这些事情以及这片山谷并无所求，而是这一切和这片山谷强迫他非接受不可，围绕在他身旁的尽是日常生活中生动的流言蜚语，繁重的辛勤劳动，以及微不足道又琐碎的生活细节。

从敞开的窗子望出去，在他那张嘎吱响个不停的简陋旧床前方，依稀可见兰多峰的山顶，此刻正嵌在星光满天的夜空里。黑夜里的兰多峰呈现朦胧阴暗的色调。今夜，它傲视这片山谷，正如过去十一年，它一直傲视着“猫头鹰”达尼、“小癞子”黑曼以及他的朋友“鸟头仔”罗贵。在他内心的观照之下，在灵魂的双眸之前，伴随着远方的火车汽笛声，牛群嘹亮的哞哞叫声，石缝里悲凄的蟾蜍嘶吼，小镇故事又是历历在目，土地散发出来的潮湿清香，唤醒了他的怀旧之情，他的回忆又因此添加了一笔激动人心的真实纪录。

总之，今夜就像山谷里无数个其他夜晚一样，仿佛就在不久前，他们才第一次翻墙潜入“拉丁美洲暴发户”的农场里偷苹果。“拉丁暴发户”对那些苹果根本不屑一顾，他在墨西哥拥有两家高级餐馆，一家收音机专卖店，以及三艘经营沿海贸易的商船。对他们来说，“拉丁暴发户”的苹果也没什么了不起，真的，因为他们自己家的院子里多的是苹果，仔细看的话，简直就跟“拉丁暴发户”果园里的苹果一样丰硕甜美。那么，他们为什么要去偷苹果呢？这是一个非常复杂的问题。简单来说，或许是因为他们三个当时都还不到九岁，而挑战禁忌的感觉正好为孩子提供了无穷无尽的乐趣。基于同样的理由，他们不但偷摘“拉丁暴发户”的苹果，也去偷采山上或老橡树大草原上的水果，游了泳之后，他们三个最喜欢闲聊“这个”，以及推测“这个”的发展，对他们而言，这可是生命与神秘的起源。

贺瑞德离开小镇时还不是在拉丁美洲发迹的暴发户，他当时只是猪肉贩蜜嘉兰女士的幺子，根据她自己的说法，这个孩子是所有子女当中最腼腆的一个。做母亲的坚称贺瑞德是“所有子女当中最腼腆的一个”，然而，村子里的乡亲们确信，贺瑞德离乡之前脑筋就不太灵光，如果真的去了墨西哥，顶多只能做短期工或码头工人。但是，贺瑞德就此远走天涯，二十年后衣锦还乡。离乡期间，他连一封家书都没写过，当“拉丁暴发户”在这片山谷现身时，他那个猪肉贩母亲的里脊肉、肝脏和腰子，早就被虫蛆啃光了。

已经成了“拉丁暴发户”的贺瑞德在教堂边的墓园里隐隐啜泣了半晌，但可不是像小时候那样哭得一把鼻涕一把眼泪的，也不像以前那样口水流不停了，他只是默默流泪，眼泪几乎只在眼眶打转，正如侯爵安东尼奥的管家所言，都市里的人哭相都是这么优雅的。由此可见，“拉丁暴发户”贺瑞德已经脱胎换骨了。反观他的哥哥们，依旧困在这个地方，虽然在他母亲看来，这些哥哥都比他聪明；大哥席萨接手经营母亲的肉铺，继续在这里把牛肝、牛里脊和牛腰子卖给左邻右舍，大半辈子过后，他会和蜜嘉兰女士一样，把自己的肝脏、里脊肉和腰子奉送给泥土里的虫蛆。事实上，这是一种相互矛盾又难以解释的行为。另外一位兄长达米安在河川对岸有块面积不算太大的农地。没种什么作物，就是一片牧场，外加几株枯黄生须的玉蜀黍。他以务农维生，屋外院子里饲养的十几只母鸡则是他额外的一丁点儿收入。

“拉丁暴发户”贺瑞德初次返乡时，带回来的是个几乎哑巴的妻子、一个十岁的女儿，还有一辆几乎不发出噪声的汽车。这一家子，包括那辆汽车在内，衣着都格外讲究，而当贺瑞德聊起他在墨西哥拥有两家高级餐馆和两艘商船时，席萨和达米安赶紧对弟弟拼命拍马屁，他们一心想跟他回去，两人可以分别替他打点一家餐厅和一艘商船。“拉丁暴发户”贺瑞德没答应，但他倒是替他们在城里开了一家电器厂，席萨和达米安因此离开了山谷小村，从此背弃了故乡和祖先，难得回乡，通常是八月中旬的圣母升天节，此时的他们，小费给得大方，并且策划套袋赛跑和骑马竞赛，还会在爬杆取物游戏的杆顶放上五块钱当奖品。此外，他们穿戴的是烫过的帽子以及硬挺的衬衫衣领。

贺瑞德的老朋友们问他，就凭他这样一个有身份有地位的男人，而且他确实就是，为什么要娶个金发女子，而且几乎不开口讲话。“拉丁暴发户”不以为意地笑了笑，接着，他告诉他们，金发女子在拉丁美洲是很珍贵的，而且他的妻子会讲话，只是，她只会讲英文，因为她是美国人。从这时候起，“不可貌相”的阿雷就把自己的狗唤作

"美国人"，因为他认为那条狗跟"拉丁暴发户"贺瑞德的妻子说的是一样的语言。

"拉丁暴发户"贺瑞德倒是没有背弃故乡小镇。有钱人呢，在他们已经致富时，总是喜欢回去当初他们还很贫穷的地方。看来，这是显示他的地位和财富不同以往的最佳方式，而且，看到当初一样贫穷、事隔多年依然贫穷的那些人，这是他感受幸福最可行的途径。

他买了一幢避暑别墅，就在药房对面，他把房子里里外外全部翻修，院子里植栽了大片鲜艳花海和果树。偶尔，他们会来小镇住上一阵子。最近，他跟几个老朋友坦承自己的事业发展非常顺利，他在墨西哥已经拥有三艘商船、两家高级餐馆以及一家收音机专卖店。换言之，与他初次返乡时相比，他又多了一艘商船。子女的数目倒是一直没增加。他只有蜜嘉这个女儿——他们就只叫她蜜嘉而已，虽然她正式的名字和祖母一样，但是，侯爵安东尼奥的管家说，城里的那些有钱人不会浪费时间叫人家全名的——再说，那个美国女人清瘦得超乎寻常，山谷里随便刮起一阵风就能把她吹倒，生孩子这件事也没什么好指望了。席萨和达米安倒是宁可没有蜜嘉的存在，因为每次她从拉丁美洲回来，他们得张罗鲜花和盒装糖果送她，还得带她去城里最好的戏院和餐厅。至少，侯爵安东尼奥的管家是这么说的。

蜜嘉非常喜欢父亲的故乡小村。她自认对墨西哥没什么感情，鞋匠阿雷则是推论，当我们在一个国家拥有两家高级餐馆、一家收音机专卖店和三艘商船时，应该可以明确得知我们对那里“有感情”或“没感情”。在这座山谷里，蜜嘉没有那些资产，然而，她有的是快乐。她总是借机返回村子，只要父亲不要求她回去，她就顺势住下来了。近来，已经亭亭玉立的蜜嘉长时间住在村子里，而她的父母则在墨西哥，她的两位伯父达米安和席萨，也就是镇上乡亲口中的“拉丁美洲暴发户传声筒”，两人悉心守护着她，经常回来探视。

“猫头鹰”达尼正好是从两艘商船进展到三艘商船之间的空档出生的，换言之，那是“拉丁暴发户”贺瑞德正在存钱买第三艘商船的时期。当时，蜜嘉已经快十岁了，而且才刚来过这个小镇。

不过，当“鸟头仔”罗贵突然兴起到“拉丁暴发户”家偷苹果这个念头时，贺瑞德已经拥有三艘商船，而他的女儿蜜嘉已经十七岁了。到了这样的年龄，“猫头鹰”达尼已经有能力辨识“拉丁暴发户”贺瑞德是个飞黄腾达的人，不但不需要上学十四年，而且，就算他母亲蜜嘉兰常说他是“所有孩子当中最腼腆的一个”，总是挂着两条鼻涕，口水流个不停，成天在镇上闲晃。不管是不是真有这么一回事，但是镇上大家都这么说，他相信大家应该不会为了告诉他一个不存在的事实而事先串通好吧！

当他们爬上“拉丁暴发户”家的围墙时，“猫头鹰”达尼心跳又急又快。说真的，他根本就不想吃苹果，也不想尝试挑战禁忌的滋味。“鸟头仔”罗贵是第一个跳到围墙另一侧的人。他的动作不但轻盈，而且具有近乎野兽般的自然优雅，仿佛他的膝盖和鼠蹊部都装了弹簧似的。接着，他隐身在一棵树后面，并朝着他们比了个手势，要他们赶快往下跳。但是，“猫头鹰”达尼全身上下只有心跳很快，仿佛是个疯子放纵狂舞。他发现自己四肢麻木，并暗自担心胆子也变小了。“小癞子”黑曼是第二个往下跳的，“猫头鹰”达尼殿后。

就某种程度而言，“猫头鹰”达尼的心情是很平静的。最近几个礼拜以来，他也染上了辣椒大姐的癖好。有天早上，他向大圣人何希神父提出这个问题：

“神父，去有钱人家偷苹果有罪吗？”

何希神父思索了半晌，接着，那双小眼睛宛如两支大头针似的盯着他：“那得看情形了，孩子。如果被偷的那个人非常、非常富有，而小偷是在极度需要的状况下，为了不饿死而拿了苹果，这种时候，上帝会理解他，也会怜悯他，而且会原谅他的。”

“猫头鹰”达尼内心总算平静下来。“拉丁暴发户”贺瑞德很富有，非常富有，至于他呢，大头贝贝因为维他命摄取不足而发育不良，黎开度吩咐贝贝必须吃很多苹果和柳橙才会恢复健康，说不定他也有一样的问题呢？谁能确定他如果不吃“拉丁暴发户”的苹果也不会有大头贝贝那种健康问题？

想到这一点，“猫头鹰”达尼觉得轻松多了。“拉丁暴发户”贺瑞德和美国妻子都在墨西哥，蜜嘉和“暴发户传声筒”待在城里，而负责看管这座农场的磨坊工人巴斯夸龙则在吉诺的小酒馆里玩扑克牌，知道这些之后，他更放心了。这样看来，根本就没什么好怕的。然而，他的心跳为什么会乱七八糟？他的胃好像突然被掏空？怎么他的两条腿好像从膝盖被截断了一样？这里也没有狗啊！“拉丁暴发户”很讨厌养狗看家这种方式。这里一定也没有警铃或其他保安花招，地上也不会有伪装的陷阱。既然这样，他到底在怕什么？

他们小心翼翼地往前走着，穿梭在花园的阴影间，夜空高挂，繁星点点。他们轻声低语交谈着，脚下的青草沙沙作响，如此近乎寂静的氛围以及充满神秘的呢喃，却不断挑起“猫头鹰”达尼的紧张情绪。

“万一我们被药剂师发现了怎么办？”达尼突然喃喃低语。

“嘘！”

“鸟头仔”罗贵坚定有力的嘘声让他不敢再出声。他们已经进入果园。这时候，他们几乎已无言语交谈，仅以手势和“鸟头仔”罗贵紧张的脸部表情沟通，万一另外两人没能马上看懂他的表情，他们会在黑暗中听见他发出既悲哀又不可思议的叹息。

他们已经来到选定的苹果树下。这棵树就在别墅后方，和房子之间仅有数步之距。“鸟头仔”罗贵说道：

“你们在这里等着；我爬到树上去。”

语毕，他立刻攀爬上树。“鸟头仔”开始用尽所有蛮力摇晃树枝，成熟的果实宛如一阵下不停的冰雹似的掉落在草地上，此时，“猫头鹰”达尼紧张得心跳几乎停止。他和“小癞子”黑曼忙不迭地捡拾散落一地的苹果。“猫头鹰”达尼突然低头张嘴，因为他觉得自己喘不过气来，好像要窒息了。霎时，“鸟头仔”停止了摇晃树枝的动作。

“你们看哪！那里有辆汽车哩！”他在高高的树上轻声说着，语气里透露着一丝诡异的疑虑。

达尼和“小癞子”望着黑暗中的别墅。“拉丁暴发户”那辆黑色汽车，现今的引擎声甚至比他初次返回山谷时更小了，车子停放在别墅角落，挡泥板闪闪发亮。“小癞子”黑曼颤抖着双唇提出要求：

“赶快下来啦！她一定在家。”

“猫头鹰”达尼和“小癞子”黑曼折腰挪动着脚步，就为了好好捧着怀里那一大堆苹果。“猫头鹰”深感恐惧，就怕被人看见他这副德行。他也强烈附和“小癞子”：

“快点儿，赶快下来啦！鸟头仔。我们的苹果已经够多了。”

恐惧逼得他们失去了冷静。“猫头鹰”达尼的语气听起来很激动，已经不是所谓的轻声低语。“鸟头仔”罗贵打算从树上下来时，仓促行动之间，全身重量压断了一根树枝。树枝折断的噼啪声，仿佛静谧夜晚里的一声枪响。这时候，达尼更激动了：

“小心啊！鸟头仔。”

“我没事啦！”

“才怪！”

“最先爬上围墙的是胆小鬼啦！”

那个身影究竟是从哪里冒出来的，他们也说不上来。经过这件事之后，“猫头鹰”达尼开始相信世间确有巫婆、妖怪和鬼魅。蜜嘉伫立在他们面前，高挑清瘦的身材，穿着一件幽灵般的白色洋装。在幽暗的夜色里，她的身影显得超凡脱俗，就像兰多峰一样，只是她的身影比较模糊，并且稍纵即逝。

“看来你们是来偷苹果的，是吧？”她说道。

“猫头鹰”达尼和“小癞子”黑曼松开怀抱的苹果，任其一个个滑落地上。他们惊愕得全身都僵硬了。蜜嘉说话的语气非常自然，听不出一丝愠怒：

“你们喜欢吃苹果吗?”

“猫头鹰”达尼充满惊吓的回应在空中颤抖了好一会儿:“是……”

蜜嘉温柔地轻笑起来,仿佛内心隐藏的喜悦都苏醒了。接着,她说道:“你们每个人各拿两个苹果,然后跟我来。”

他们照着她的吩咐去做。四个人一起朝着门廊走去。到了门廊之后,蜜嘉打开隐藏在柱子后面的开关,电灯马上就亮了。“猫头鹰”达尼心怀感谢,还好有这么一根仁慈的大柱子挡在电灯和他颓丧的面容之间。蜜嘉没来由又自顾自地笑了。对“猫头鹰”达尼而言,他最大的恐惧就是被揪进警察局。

他从未如此近距离看过“拉丁暴发户”的女儿,她的脸庞和她的身影,甚至让他渐渐忘了自己当前的处境。还有她的声音,听起来就像红雀温柔悠扬的语调。她有一身古铜色的光滑肌肤,一双深邃明眸上,覆盖着格外乌黑的睫毛。一双手臂细瘦而灵活,还有那双修长纤细的腿,肤色就跟公鸡胸前的金色鸡毛一样。当她走动时,轻盈的脚步让人觉得她可以腾空飞起,并且消失在空中,就像肥皂泡一样。

“好啦!”她突然开口说道,“所以你们三个就是小坏蛋啰!”

“猫头鹰”达尼内心坦承,他可以一辈子听她叫自己小坏蛋也不觉丝毫厌倦。从她口中说出的“小坏蛋”，语气温柔得宛如双手轻抚着脸颊，而且是她那双小巧、轻盈又灵活的玉手。

蜜嘉斜躺在一张躺椅上，身材曲线因此更显优雅了。她继续说道：

“这次我就算了。我会让你们回去的。不过，你们要答应我一件事，以后如果想吃苹果的时候，直接来找我拿，不要偷偷摸摸地翻墙进来，好像小偷一样。”

她定定望着他们，一个个轮流看，三个人都点了点头。

“现在，你们可以走了。”她下了这样的结语。

这三个好朋友，不发一语，从马路边的大门走了出去。他们默默往前走了一小段路。他们的缄默格外沉重，因为他们内心很清楚，此刻还能这样自由行动，并非依靠自己的才能和本领，而是别人的帮忙和同情。这种事情，尤其是在童年时期，总是有点令人沮丧。

“鸟头仔”罗贵以眼角余光瞅着“猫头鹰”。达尼张着嘴往前走，眼神恍惚，仿佛着了魔。“鸟头仔”揪着他的手臂摇了摇，说道：

“你怎么了？猫头鹰，你怎么在发呆啊？”

没等对方答腔，他卯足了劲将两个苹果抛向阴暗中模糊的物体，那是药剂师的牧场上静静吃草的牛。

10

“鸟头仔”的友情经常逼得“猫头鹰”达尼挑战胆量的极限，并且得测试自己的勇气。最糟糕的是，“鸟头仔”知道一个人的勇气可能一夕剧变，就像风云变色一样。今天很勇敢的人，隔天可能成了窝囊废，反之亦然。这一切，取决于这个人是否同意去执行“鸟头仔”罗贵天天上演的英勇事迹。

“不敢去做的人就是胆小鬼！”他总是一而再、再而三地威胁他们。

于是，“猫头鹰”达尼和“小癞子”黑曼只好走着仅有十五厘米宽的护栏过桥，或是让秋罗河用力拖下去，然后被英国佬水塘底的水流推上水面；或是躺在火车隧道里的铁轨上等着长途快车驶过来。

另一方面，不需要太勉强自己去模仿“鸟头仔”英勇行为的“猫头鹰”达尼，倒是经常半夜惊醒，双手颤抖地紧抓着床垫，用力吸好几口气。他并未如梦中所见，没在秋罗河里往下沉，没躺在铁轨上等待火车逼近，也没从桥墩护栏纵身一跳，在河里撞上石头而粉身碎骨。他好端端地在这儿，舒舒服服地躺在他的铁床上，而且，当下也没什么好害怕的。

由此看来，阴雨霏霏的日子倒是提供了一种不寻常的平静。山谷一向多雨，但有些人并不认同这个说法，他们说，这里的天气从好几年前就已经异常混乱，现在连从未没落过的畜牧业都不景气了，就因为缺水问题太严重。“猫头鹰”达尼并不清楚这座山谷过去究竟下了多少雨，他只知道，现在雨量很惊人；每五天就有三天是雨天，这样已经很不错了。

雨天时，这座山谷的样貌会有明显转变。山峦变得幽远、朦胧，陷在云海之间，模糊难辨，反观山谷里的草原，绿意盎然，鲜艳的葱绿，甚至有些刺目。火车慵懒的引擎声从大老远传来，扬长而去时仅剩温柔的静音。有时候，乌云在山峦间缠绵不休，一座座山峰宛若在狂乱灰色汪洋中升起的荒岛。

盛夏时节，雷阵雨在山区流连不去，有时候，雷雨可以整整连下三天。

不过，整个小镇对于这样的状况早有准备。打从第一场雨开始，木鞋的咔啦咔啦声处处可闻，响亮又单调，只要雨季不结束，随时随地都会传出木鞋声。“猫头鹰”达尼认为，只有在这段日子，或是圣诞期间下大雪的时候，这座山谷才会显现它应有的景致。那是他心目中的山谷，沉静而潮湿，哀愁且伤感，但在阳光普照和晴空万里之际，山谷特有的消沉郁闷与死气沉沉随即消失殆尽。

对于这三个好朋友来说，雨季的生活隐含着一种不可或缺的特殊魅力。这段日子是讨论计划、缅怀过往以及检讨反省的时刻。不要新花样，倒是勤反刍；不能到处闹事，只好静心思考。三个人的闲聊通常在“猫头鹰”家的干草房里进行，对“猫头鹰”来说，这个地方总有一种冬季美好时光的氛围，他坐在暖暖的火炉旁，或是听着父亲叙述预言家达尼的故事，或是看着母亲开怀大笑，因为他以为所有乳牛一定都能挤出一大桶鲜奶。

他们坐在牧草堆上，远眺小小气窗外的公路和铁路，“鸟头仔”罗贵、“猫头鹰”达尼和“小癞子”黑曼一同草拟将来的计划。

就在这段时期的某一天，就在他家的干草房里，“猫头鹰”达尼见识到了“鸟头仔”罗贵究竟多强壮，同时也感受到一个男人全身不见任何伤疤是多痛苦的事。那是盛夏的一个午后，大雨淅沥沥地落在乳酪店的石板屋顶上，漫天铅灰，乌云密布，山谷的形貌变得模糊难辨。

“鸟头仔”不知怎么了，那天就是不满意自己一身强健的肌肉只能让人看看而已，他说：“来，你摸，你摸摸看！”

他弯起手臂，硬是挤出一团肌肉和扭曲的肌腱。“猫头鹰”怯怯地伸出指尖，碰了一下。

“硬硬的，对吧？”

“我早就知道了。”

“喂，你看看这里！”

他把灯芯绒裤管拉上大腿处，腿部肌肉紧绷，看起来像是用力绞紧的一团肉：“你看这个；快摸摸看！”

“猫头鹰”的手指再度伸往那团奇特的肌肉组织，紧接在后的是“小癞子”的手指。

“比手臂还要硬，对不对？”

“嗯，比较硬。”

接下来是探索胸肌，他同样也让他们伸手去摸，并且还挺着胸肌憋气，直到他们俩数完两百下，他才松懈换气。接着，“鸟头仔”要求他们亲自测试一下。“小癞子”才数完四十下就憋不住气了，至于“猫头鹰”，卯足全劲，憋到脸色发青才熬到七十下。

接着，“鸟头仔”俯卧在地，双手手掌撑着地面，一次又一次挺起身体。连做了六十下之后，他停了下来，并对他们说道：

“我实在没有耐心去算自己到底能做几下。昨天晚上，我做了三百二十八下，但是我不想再继续做下去了，因为我困了嘛！”

“猫头鹰”和“小癞子”不知所措地望着他。这样的夸耀，已经超越了他们对好友体能的想象程度。

“猫头鹰，我们来看看你能做几下吧！”他突然对达尼说道。

“我……我不知道啊！我从来没做过。”

“那就现在来试试看啊！”

“这个……”

“猫头鹰”只好趴下来，并试着撑起第一下。但是，他的双臂实在不习惯体能运动，而且整个身体因为肌肉无力而不停颤抖着。他先抬起了臀部，紧接着背部也提上来了。

“一下……”他兴奋地数着，然后身体重新落地，而且是重重地摔在地面上。

“不行，不行！不是这样的。屁股先抬起来不算数；如果是这样，那我可以做一百万下没问题。”

“猫头鹰”达尼不再尝试了。这么努力之后还是让好友失望，他对此感到相当沮丧。

“猫头鹰”尝试了伏地挺身的挫败之后，干草房里陷入一片静默。“鸟头仔”再度甩动着手臂，肌肉在他身上舞动着，既灵活又迷人。“猫头鹰”盯着他的手臂，突然开口说道：“你可以一次对付好几个人，对不对？鸟头仔……”

那时，罗贵还未在宗教游行集会上揍乐师。“鸟头仔”面带得意的笑容。过了半晌，他应道：“我当然可以同时跟很多人打架。很多人全身上下只有骨头是硬的。”

“小癞子”睁大一双圆眼，露出崇拜的眼神。“猫头鹰”悠哉地斜靠在干草堆上，感受着身旁的罗贵那份令人宽慰的安全感。这份友谊的诚信是牢不可破的，并非如他母亲所言，或如辣椒大姐和野兔姐妹花的执念，他们总认为跟“鸟头仔”罗贵在一起鬼混，准没好事。

不过，那天下午的闲聊画下句点时，就跟雨季其他日子在乳酪店干草房聊天的结束方式一样：又是一场竞赛。罗贵卷起左腿裤管，展现一片布满皱褶的脆弱肌肤：

“你们看，这个疤痕现在已经变成这样了，看起来好像一只兔子哩！”

“猫头鹰”和“小癞子”低头看着好友的小腿，点了点头：

“真的哩！看起来很像一只兔子。”

闲聊突然换了话题，“猫头鹰”达尼觉得很难过。他知道，由此揭开序幕之后，接下来终究会演变成对于伤疤的争论。最让“猫头鹰”达尼感到羞愧的是，和两位好友对照之下，八岁的他全身上下连个疤都没有。若能让自己的皮肉上有个漂亮的疤痕，就算折寿十年也在所不惜。身上少了疤痕，总让他觉得自己比有许多疤痕的两个同伴少了点儿男子气概。这样的自我怀疑，挑起了让他心情郁结的自卑感。事实上，他比“鸟头仔”和“小癞子”具备更好的愈合能力，所以他的伤口从未留下任何疤痕，但这不是他的错，偏偏“猫头鹰”却不这么想，对他来说，全身光滑无疤，一条皱纹都没有，简直是倒霉透了。在他看来，一个男人没有伤疤，就跟乖巧听话的女生没两样。他并不想要战火烧出来的疤痕，也不希望有任何惊人之举；只要有个小意外能够形成伤疤，或者其他什么方式都行，反正就要有个疤。

“鸟头仔”罗贵那个疤痕的由来，他们都能倒背如流了。那是五年前的战乱期间发生的事。“猫头鹰”达尼对战争几乎没印象了，只是隐约记得听过战机在头顶上轰隆作响，以及炸弹落在大草原上震耳欲聋的爆裂声。当战机飞越山谷上空时，所有村民会赶紧跑到树林里躲空袭：母亲们紧守着孩子们，做父亲的则拿着棒棍赶着懒洋洋的牲畜群迁徙逃命，甚至把它们打得皮开肉绽。

那时候，萨拉总会牵着“鸟头仔”罗贵躲进树林里。不过，罗贵根本就不怕飞机，也不怕空袭。他往前跑，因为他看见大家都拼命跑，也因为大伙儿聚集在树林里，扎营过夜，带着牲畜群和各种器具，就像一群吉卜赛人，他觉得这样慢慢消磨时间挺好玩。当时，“鸟头仔”罗贵六岁。

起初，教堂的钟声会以三次低音和两次高音宣布危险状况解除。后来，教堂的钟被拆下来冶炼，从此村子里就没有钟声了，直到战争结束，侯爵安东尼奥捐赠了一口全新的大钟。那天，一场热闹的庆祝集会在山谷盛大登场，全村借此向捐赠者表达敬意。上台致辞的是神父先生以及当时的村长“大胃王”阿东。最后，侯爵安东尼奥先生上台向大家致谢，而且是以颤抖的声音说完的。反正，接下来，何希神父和村长又分别花了半小时致辞感谢侯爵安东尼奥先生捐赠大钟，于是侯爵安东尼奥先生再花半个钟头致辞，就为了感谢他们两位对他表示的谢意。总之，一切都显得过于客套、太过谨慎，也太矫揉做作了。

话说，“鸟头仔”罗贵的伤疤是霰弹的碎片造成的。那是一个夏日清晨，萨拉牵着他匆匆忙忙跑向树林避难，却在途中的草原遭遇轰炸。村子里脑筋比较灵光的人都说，这场不幸的发生，其实是因为那架飞机想“减轻负担”，所以就随便把炸弹丢下来了。不过，“鸟头仔”罗贵却怀疑，那架飞机要减轻的负担，应该是它本身的重量吧？总之，“鸟头仔”罗贵很感谢那位飞行员把他的大腿炸得血肉模糊。

三个死党继续盯着那个形状看起来像兔子的伤疤。突然，“鸟头仔”罗贵身体往前倾，并伸出舌尖舔了疤痕。

快速品尝滋味之后，他坚定地宣称："尝起来还是咸的！'独脚龙'卢卡斯说，那是因为有铁的关系。含铁的疤痕尝起来永远都是咸的。他断掉的腿是咸的，独臂佬吉诺的断臂也是。然后，咸味会随着时间慢慢消失。"

"猫头鹰"达尼和"小癞子"黑曼半信半疑地听着。"鸟头仔"罗贵对他们的质疑颇不以为然。他把腿伸了过去，并告诉他们：

"你们尝尝看就知道，我没有骗你们啦！"

"猫头鹰"和"小癞子"面面相觑。最后，"猫头鹰"倾身去舔了一下疤痕。

"嗯，真的是咸的。"他说。

"小癞子"随后也舔了，并且频频点头。接着，他说道：

"没错，尝起来确实是咸的，不过，那不是因为含铁，而是因为流汗。你们来尝尝我的耳朵就知道，也是咸的。"

"猫头鹰"达尼兴致勃勃，他凑近"小癞子"，舔了他那分成两半的耳垂。

"真的哎！小癞子的耳垂也是咸的。"

"真的吗？""鸟头仔"语带怀疑地问道。

接着，一心急着要解决争议的他，用了吸奶的力气吮了"小癞子"的耳垂。结束之后，他露出一脸不悦。

"尝起来确实也是咸的……那是因为你的耳垂是被铁丝割破的，不是你说的黑莓果刺啦！"

“才不是这样！”愤怒的“小癞子”挺身驳斥。“我的耳朵是被一棵黑莓果的刺刮破的。我非常确定！”

“那是你自己这么觉得。”

“小癞子”黑曼可不想就这样罢休。他俯身低头到两位同伴嘴巴的高度。

“那么，我的秃头哩？”他以执拗的口吻说道，“我的秃头也是咸的，但是这跟铁一点儿关系都没有。这是因为我的头被一只鸟撞到才变成这样。”

“鸟头仔”和“猫头鹰”惊讶地望着对方，但是，两人还是一一颔首舔了“小癞子”黑曼的秃头。“猫头鹰”达尼随即表示同意：

“没错，尝起来是咸味。”

“鸟头仔”罗贵仍不妥协：

“但是，这个又不是疤痕。秃头和疤痕是不一样的。秃头又没有伤口。尝起来是不是咸味根本就没啥意义。”

天色渐暗，山谷逐渐披上阴郁哀伤的外衣，他们三人依旧争论不休，根本没发觉夜幕已经降临，天际洒下丝丝细雨，活力十足的长途火车从北方急驶而来，偶尔冒出大量雪白浓烟，“猫头鹰”达尼难过地暗想，他需要一个疤痕，偏偏却没有，倘若他有个伤疤，或许就能自己厘清原因，疤痕的咸味究竟是“小癞子”坚称的汗水所致，或是如“鸟头仔”和“独脚龙”卢卡斯所言，是由铁的成分造成的。

11

“鸟头仔”罗贵得知“独臂佬”吉诺在妻子玛里乌嘉去世时哭得没完没了，从此之后，他就不再崇拜尊敬这个断臂又丧妻的人了。而且，这件事还传遍乡里。之前还有个一直暗恋着吉诺的胡赛花，想尽各种办法要介入心上人的生活，不过，通常徒劳无功就是了。

“吉诺，你自己可要好好想清楚啊！你看看，玛里乌嘉有结核病呢！”

“独臂佬”吉诺一时火冒三丈。

“这又干你哪一门子屁事啦？我请问你！”他怒斥。

胡赛花只能忍气吞声，随即离去。夜深人静时，她独自哭泣，就在自己的卧房里，直到哭湿了枕头，矢志再也不插手这个人的事情。然而，到了隔天早上，她却又忘了自己下过的决定。她对“独臂佬”吉诺用情太深了，尚未使出终极手段前，她不会轻易放弃这个战场的。她喜欢吉诺，因为他是个真正的男子汉：强壮、严肃且无可挑剔。他体格强健，但不像铁匠巴哥一副禽兽样；他个性严肃，但不像无神论者“大肚佬”满口怀疑论调；他无可挑剔，却又不像何希神父那样，完美如圣人。总之，就是一个大家所谓的稳重男人，没有贪心汲取的罪行，也没有任何缺失，一个十足平稳的男人。

事实上，吉诺根本没把结核病当一回事。对他而言，这个世界的组成分子只有胖子和瘦子。玛里乌嘉身材瘦削，就像辣椒姐妹花鲁拉和依莲娜，以及鞋匠阿雷那样骨瘦如柴。至于他自己，则是和托运员古哥一样的胖子。但是，这并不表示其他人会生病，而他们却能保持健康。据说，玛里乌嘉打从出生就有结核病，但她依旧长成了青春正盛、清新如花的二十三岁女孩。

吉诺看上她，与其说是爱恋，不如说是启发。依照他的本性，他喜欢的类型是身材圆胖的女子，外形丰满撩人，行动跟体重一样笨重，个性爽快奔放。具体而言，就是胡赛花这一型的女人，强悍、能干又结实。但是“独臂佬”吉诺曾经这样深思过：“在城里，少爷们都是跟清瘦的女人结婚。瘦女人必定有些特殊之处，所以有学历又有才气的少爷们才会看上她们。”于是，他搭上玛里乌嘉，就因为她是瘦子。几天之后，他真的爱上她了。他疯狂地爱恋她，因为她那宛若羔羊般哀伤而温婉的眼神，还有她那略微泛蓝的肌肤，仿佛瓷器般晶莹剔透。他们俩相知相惜。玛里乌嘉喜欢“独臂佬”吉诺，因为他是和她完全相反的类型：厚实、精壮、高大，一双眼睛炯炯有神，眼神锐利有如外科手术刀。

“独臂佬”吉诺决定完成终身大事时，街坊邻居七嘴八舌规劝他：“玛里乌嘉身子太虚弱了。”“玛里乌嘉是个病人。”“结核病是很讨厌的。”然而，“独臂佬”吉诺就是不听众人劝告，并且在一个明媚的春日早晨现身教堂门口，身上裹着一套蓝色呢绒西装，外加一条白色方巾在颈部打了个结。大圣人何希神父为他们福证。玛里乌嘉只能把婚戒戴在“独臂佬”吉诺的左手无名指上，因为他的右手老早就被切掉了。

就算用尽各种方法，胡赛花还是破坏不了他的新婚蜜月。她试图要让他一辈子因为她的不幸而良心不安。不过，这个招数没能奏效。

在教堂里，正值教会初次正式公布新人名字之际，她突然像个铃鼓似的跳了起来，又吼又叫，同时跑向祭坛，并以上帝为证，她坚称玛里乌嘉和“独臂佬”吉诺不能结婚，因为女方罹患结核病。起初确实引发了一阵骚动，后来，沉默逐渐在教堂蔓延。再说，何希神父比她更清楚婚约限制和教规。

他说：“孩子！上帝并没有禁止病人结婚啊！你知道吗?”

陷入绝望的胡赛花，一屁股坐在祭坛前的台阶上，像个疯婆子似的号啕大哭，不停揪着头发，求大家可怜她。大家都同情她，但谁也没办法立刻为她复制另一个吉诺。男人都坐在靠边的长椅上，身在其中的“独臂佬”，一脸苦笑，并且举起残肢轻轻叩了叩下巴。何神父举棋不定，不知道该怎么收拾场面才好，辣椒大姐见状，随即起身走向胡赛花，好心地扶着她走出教堂。（后来，辣椒大姐试图要何希神父特别为她再举行一场弥撒，因为她把胡赛花带出教堂，并且在门廊安抚她好一阵子，这段期间，她因此错过了圣三颂。她认为自己不应该为了做好事而错过弥撒，因为这样不公平、不合理、不合逻辑，也不道德，而她内心悔恨不已，因为她这辈子第一次碰到这种事……何神父好说歹说，好不容易才安抚了她；她原本不安定的情绪总算也平复了）接着，全体若无其事地继续进行弥撒仪式，不过，到了隔周周日，不信上帝的“大肚佬”参加了弥撒，他偷偷摸摸地混在唱诗班里，刻意站在簧风琴后面。事情就是这样。那天，何希神父再度宣读了新人的姓名，并没有出现任何异常状况。只是，当神父宣读“独臂佬”的姓名时，坐在长椅上的胡赛花发出一阵急促的叹息声。不过，只是这样而已。走出教堂时，不信上帝的“大肚佬”说了，怜悯无济于事，就算信仰虔诚，在这个村子里，一件废物再怎么样也体面不起来的，因此，他再也不进教堂了。

真正惊天动地的事件发生在婚礼当天的茶会上，当时，根本没有人想到胡赛花这个人。大概就是因为没人想到她，才会促使她以如此激烈的方式做出惊人之举。总之，那是一件令人不解又让人难过的意外。

当时，“独臂佬”吉诺家的庭院里宾客齐聚，霎时，一阵惨烈的呐喊从桥上传来，所有人同时转头望向桥梁那一方。一丝不挂的胡赛花，已经爬到桥栏上，面向河流，空茫的眼神盯着湍急的河水。为了避免惨剧发生，在场所有女人的反应无非是高声呐喊、睁大眼睛以及昏倒在地。两名男子赶紧朝她跑过去，据说是想去拉住她，但是两人的妻子尖酸刻薄地命令他们折返，因为她们不希望自己的丈夫近距离端详全身赤裸的胡赛花。就在犹豫迟疑之际，胡赛花再度尖声呐喊，她高举双臂，翻了个白眼，跳入秋罗河污浊的滚滚洪流里。

所有人都赶往出事现场，只有新人除外。不久后，法官来到小酒馆，“独臂佬”吉诺正在对玛里乌嘉说道：

“那个胡赛花是个笨女人！”

“她曾经是啦……”法官纠正他的说法。

玛里乌嘉和“独臂佬”吉诺因此得知胡赛花已经身故。

为了让她安葬在教堂旁的小墓园里，一度折腾了好一阵子，因为何希神父不同意一个自杀身亡的人葬在教堂墓园，而且，尚未请示主教之前，他不可能答应这件事。最后，城里总算传来讯息，问题都解决了，看来，胡赛花是在一时的精神错乱下自杀的。

然而，胡赛花之死并未扰乱“独臂佬”吉诺蜜月旅行的好兴致。新人到城里度假一周，回来后，玛里乌嘉马上就等不及到处宣扬自己怀了身孕。

“这么快啊？”塌鼻娘问道，因为她始终不懂，为什么有些女人只跟一个男人一夜情就能怀孕，而其他女人就不行，就算这辈子每天晚上都跟同一个男人睡觉也怀不上孩子。

“噢，拜托！这有什么好大惊小怪的吗？”玛里乌嘉没好气地回她。

“塌鼻娘”暗自在心里诅咒她。

怀孕的过程并不平顺。玛里乌嘉的肚子越来越大，她那张脸却逐渐尖瘦到令人担心的地步。三姑六婆议论纷纷，都说她八成熬不过生产那一关。

分娩这一关她倒是熬过来了，却过不了产后的难关。产后一周半，她死于结核病，而她生产那天，恰巧是胡赛花自杀满五个月的日子。

此时，村子里的接生婆们总算明白，玛里乌嘉当初是急着将自己怀孕一事公诸于世，甚至还坐在从城里返乡的火车上就等不及要大肆宣扬了。

据说，“独臂佬”吉诺独自度过那一夜，始终守在妻子遗体旁，怀里抱着刚出生的女婴，那只扭曲的断臂，危危颤颤地轻抚着亡妻已无光泽的平直金发。

得知这个不幸消息之后，辣椒大姐下了这样的评论：

“这是上帝对于还不到十二点就偷吃烤肉的人所做的惩罚。”

她指的是孩子提早出生这件事，但是侯爵安东尼奥的管家说得对，她认为那一定不是上帝的惩罚，因为辣椒家的小妹依莲娜何止中午前偷吃了烤肉，甚至偷喝了汤呢！还不是平安无事。

那个时候，“猫头鹰”达尼才两岁，“鸟头仔”罗贵四岁。五年之后，他们开始经常到“独臂佬”吉诺那里，多半是在“英国佬水塘”游了泳，或是捞过螃蟹和鱼苗之后。“独臂佬”非常豪气，总会送一人一大杯昂贵的木桶苹果酒。当时，吉诺的小酒馆已经走下坡路了。“独臂佬”经常不付账单，于是厂商拒绝供货给他。“拉丁暴发户”

贺瑞德投资了好几次，但始终不见吉诺有任何改善，几个月过后，他决定任其自生自灭。“独臂佬”吉诺从此自甘堕落，而且每况愈下。不过，他那喋喋不休的饶舌本性倒是没变，就算自己所剩不多，慷慨大方的作风依旧。

“鸟头仔”罗贵、“猫头鹰”达尼和“小癞子”黑曼经常和他一起坐在公路旁的石椅上。“独臂佬”吉诺喜欢跟小孩聊天的程度更甚于成人，或许就因为他自己根本就是个大孩子。有时候，他在聊天时会不经意提起玛里乌嘉的名字，随即勾起往日回忆，“独臂佬”吉诺会因此湿了眼眶，为了掩饰自己的伤感，他会举起断臂反复碰撞着下巴。碰到这种状况时，视眼泪和愁绪为寇仇的“鸟头仔”罗贵会立刻起身，闷不吭声地掉头就走，两个好友也被他像裤子上的口袋似的一起带走。“独臂佬”吉诺满脸诧异地望着他们，始终纳闷这几个小鬼为什么会这样突然离开他，连个理由都不给。

“独臂佬”吉诺从未在三个孩子面前夸耀有个女人曾经为他赤裸自杀。他甚至不曾暗示过生命中发生过这么一件事。倘若“猫头鹰”达尼和他的死党们知道，胡赛花从桥上裸身投河自尽是因为铁匠巴哥的缘故，他从未掩饰过自己对这个女子的好感，而且，只要她同意，她那时候一定可以成为“鸟头仔”罗贵的继母。然而，她偏偏不在乎自己拥有的大胸脯和一头红发，宁可一死了之。

在吉诺的小酒馆花五毛钱畅饮苹果酒的年代，这三位小朋友最好奇的莫过于“独臂佬”缺了一条手臂的缘由。“独臂佬”轻描淡写地提了一段往事说明出事始末。

“你们知道吗？其实是因为我弟弟……他是个伐木工人。参加比赛时，他总是拿冠军的。他可以在短短几分钟内，率先锯断粗大的树干。他一直想当个拳击手。”

“独臂佬”弟弟的职业提升了三个小孩的注意力。吉诺继续往下说：

“当然啦！这件事并不是在这里发生的。事情是十五年前在比斯开省发生的。比斯开省并没有多远啊，你们知道吗？越过那几座山就到了。”他指着前方幽暗朦胧的山峰，那是雾锁山头的兰多峰。“在比斯开省，所有男人都希望自己身材健壮，许多人也确实很壮硕。我弟弟是村子里最强壮的，所有人都不是他的对手，因此，他想当个拳击手。一天，他跟我说：‘吉诺，你扶着这根树干，我来把它劈成四块。’他经常对我提出这个要求，只是，他从来就没有真的把树干劈成四块。他只是随口说说而已。那天，我本来是好好地扶着树干，但是，就在他往下劈的那一刻，我伸出手去提醒他一件事情，然后就……咔嚓！”三张童稚的小脸，同时露出了吃惊的表情。“独臂佬”吉诺一脸和蔼地看着自己的残肢，脸上挂着笑容。“我那只手飞到四米外的地方，就跟劈柴的碎屑一样。”他继续说道：“我自己上前去把那只手捡起来时，它还是温热的哩！手指紧张地扭曲着，就像蜥蜴的尾巴。”

“鸟头仔”颤抖着问他：

“独臂佬……你……你……会不会介意让我仔细看看你断掉的那只手臂？”

吉诺伸出断臂，面带笑容：

“当然不会。”

三个小孩因为“独臂佬”慨然应允而兴奋不已，他们盯着那只不完整的手臂，一看再看，不但伸手去搓揉，还用肮脏的指甲去抠伤痕，并且相互指指点点，最后，他们把残肢往石桌上一放，仿佛那是一件毫无用处的废物。

小女孩玛里乌嘉是喝羊奶长大的，吉诺亲自准备奶瓶，直到小女孩满周岁。孩子的外婆曾经暗示，她可以负责照顾这孩子，“独臂佬”吉诺对此反应非常激烈，气得从此和岳母不相往来。村子里的人都说，吉诺一定是答应过亡妻，就算需要他自己喂奶，也不会把孩子交由别人抚养。在“猫头鹰”达尼看来，这种说法显然是夸大其词。

玛里乌嘉——乌嘉，村子里的人都这么叫她，借此表示她是已逝的玛里乌嘉所生的后代，所有人都喜欢她，只有“猫头鹰”达尼除外。这个小女孩拥有一双碧眼，一头金发，脸庞的上半部缀满了雀斑。“猫头鹰”达尼年纪很小就认识这个女孩，因为年纪太小，对她最初的记忆早已模糊。后来的玛里乌嘉他倒是记得，一个四岁的小不点儿，每逢节庆就在乳酪店附近晃荡。

小女孩唤醒了“猫头鹰”达尼母亲过早残败的母性。她一直想要个女儿，就算是跟玛里乌嘉一样满脸雀斑也无所谓。但是这个心愿已经无法成真了。那次流产之后，黎开度医师告诉她，她已经生不出孩子了。她那不争气的肚皮，只能绝望地老去。因此，“猫头鹰”达尼的母亲对这个小孤女是近乎母性的好感。她只要看见小女孩在附近游荡，一定叫住她，并且让她坐在餐桌旁。

“玛里乌嘉-乌嘉，丫头啊!”她边说边轻抚着小女孩。“你想吃甜奶酪，对不对?”

小女孩频频点头。“猫头鹰”的母亲殷勤地递上奶酪。

“小丫头，够甜吗？你喜欢吃糖吗?”

小女孩又点了点头，但不发一语。等到零食吃完了，达尼的母亲兴致勃勃地问起吉诺家中的情况。

“玛里乌嘉-乌嘉，谁帮你洗衣服啊?”

小女孩咧着嘴笑了：

“爸爸。”

“谁帮你做饭啊?”

“爸爸。”

“谁帮你编辫子啊?”

“爸爸。”

“谁帮你洗脸和洗耳朵啊？”

“没有人。”

“猫头鹰”达尼的母亲替小女孩觉得难过。她随即起身，并在脸盆里装了清水，好好地清洗了玛里乌嘉的耳朵，又仔细地替她编了发辫。她在做这些事情的同时，嘴里不断咕哝着，仿佛念着连祷词：“可怜的小丫头，可怜的小丫头，可怜的小丫头……”结束时，她在小女孩的臀部轻轻拍了一下：

“好啦，丫头，你这样可爱多了。”

小女孩羞怯地笑了，这时候，“猫头鹰”达尼的母亲把她抱在怀里，热切地在她的小脸上吻个不停。

母亲对玛里乌嘉-乌嘉的过度亲昵，或许会影响“猫头鹰”达尼而导致他对小女孩缺乏好感。但不是这样的；“猫头鹰”达尼感到不悦的是，这个小乌嘉什么事都想插手，就连一个女生不该介入的事情她都想积极加入。

确实，玛里乌嘉-乌嘉拥有令人嫉妒的放肆，偶尔稍嫌粗鲁野蛮，但是不管怎么说，玛里乌嘉是个女生，一个女生就是不能跟他们做同样的事情，他们也从不在她面前聊“这个”，不够文雅，也不适合。除此之外，就算他母亲疼爱她，而且总是在礼拜天和特殊节日招待她吃奶酪，他根本就无动于衷。真正激怒他的是玛里乌嘉紧盯着他的脸那种眼神，还有她喜欢打探他生活中大大小小的偶发事件。

“猫头鹰，你今天要去哪里？”

“去见鬼。你要去吗？”

“好啊！”小女孩随口答应，想都没想他到底说了什么。

“乌头仔”罗贵和“小癞子”黑曼总爱取笑他、捉弄他，还说乌嘉已经爱上他了。

那天，“猫头鹰”达尼为了摆脱小女孩，随手给了她一个铜板，然后说道：

“乌嘉-乌嘉，你拿着这一毛钱，然后去药局帮我买药。”

三个死党随后就上山了，再回来时，夜幕已降，玛里乌嘉却端坐在乳酪店门口，耐心等候。一见到三人出现，她立刻起身，然后走近达尼，并将铜板还给他。

“猫头鹰！药剂师说，你要买药，一定要自己去。”

三个死党狂笑不止，她那双湛蓝的眼眸望着他们，可能并不清楚他们在笑什么。

有时候，为了能跟“猫头鹰”一起出去，乌嘉必须很机灵地要点小手段才行。

“猫头鹰！”小女孩说道，“我知道有个松鸭巢噢！巢里的小松鸭已经长羽毛了哩！”

“快告诉我在哪里。”他应道。

“你跟我一起来，我带你去看。”她说。

这一回，他就这样跟着乌嘉出去了。小女孩一路上紧盯着他不放。当时，她年仅九岁。“猫头鹰”达尼总觉得她那双眼珠子已经嵌入他的皮肉里，仿佛是把锥子在挖他的肉。

“乌嘉，你干吗这样看我？”他质问她。

她面露害羞状，但并没有把视线移开。

“我喜欢看你。”她说。

“你不要看我！听见没？”

但是小女孩充耳不闻，或者根本就是不理。

“我叫你不要看我，你没听见啊？”他态度强硬。

这时候，她眉眼低垂。

“猫头鹰……你真的喜欢蜜嘉吗？”她问。

“猫头鹰”达尼顿时红了脸。过了半晌，他发觉自己的脑袋里好像有个诡异的气泡似的。他不知道，在这种情况下，自己到底是该生气，或者完全相反，应该微笑以对。不过，热血持续充脑，实在忍不住了，终究是怒火中烧。然而，他掩饰了怒气，刻意假装自己跳不过大草原的篱笆。

“我是不是喜欢蜜嘉，根本就不干你的事。”他说。

乌嘉怯怯地提醒他：

“她比你大很多哩！她大你十岁。”

两人不欢而散。“猫头鹰”丢下她一人在大草原上，独自返回村子，早就忘了还有松鸭巢这回事了。不过，他倒是一整晚都忘不了玛里乌嘉说的话。就寝时，他觉得身体有一股奇特的不适感。然而，他忍住了。躺在床上，他想起了铁匠多次向他提起辣椒小妹和狄马士那段露水孽缘，起头千篇一律：“那个痞子比辣椒小妹年轻十五岁哪……”

“猫头鹰”达尼在暗夜里径自笑了。他暗想着，同样的故事是可以重演的，接着，就在半寐半醒之间，他觉得，一定会有个从天而降的幸运悄悄眷顾他的。

12

奥雷里欧舅舅，也就是他母亲的弟弟，从艾斯特雷马度拉给他们捎来一封信。奥雷里欧舅舅去了艾斯特雷马度拉，因为他有气喘，山谷气候潮湿，离海又不远，总是让他很难受。艾斯特雷马度拉气候比较干燥，奥雷里欧舅舅在那儿情况好多了。他在一处大牧场做赶骡人，薪水微薄当然不在话下，不过，他有个免费的住所，还有价格低廉的当地农产水果。"在这种年代，不能再多做要求了。"他在第一封信上写道。

"猫头鹰"达尼对舅舅的模糊记忆仅有急促的喘气声，

仿佛在他耳边喘气的是费力爬坡的火车头。舅舅常在胸口贴着敷料纱布，并在房间里吸着桉树蒸汽，唯有夏季最干燥的十五天期间，奥雷里欧舅舅呼吸才没有呼噜呼噜声。

最近的那封信里，奥雷里欧舅舅提到，他给孩子寄了一只在橄榄树上活捉的“大公爵”。看了信之后，“猫头鹰”达尼打了个寒战。他猜想舅舅给他寄的是挂号包裹，里头装的是侯爵安东尼奥那种人，胸前挂满了徽章、金牌和勋章。他并不知道，“大公爵”常三三两两在橄榄树上逗留，他更陌生的是，赶骡人能够随意捕捉它们，就跟捕捉野兔一样。

在他表达了心中的恐惧之后，父亲笑了。“猫头鹰”达尼倒是暗自窃喜终于让父亲有了笑容，最近这几年，父亲总是愁容满面，即使是匈牙利人在广场上演的喜剧和木偶戏都无法逗他笑。父亲取笑他之后，向他澄清：

“大公爵是一种大型雕鸮。这是用来猎杀苍鹰非常好的诱饵。包裹到了之后，我带你到兰多峰去打猎。”

这是他父亲第一次允诺带他一起去打猎。尽管他在父亲面前从未掩饰自己对狩猎的渴望。

每逢打猎季节，只要禁猎令一解除，这位乳酪师傅第一天就会搭上客货混合列车前往卡斯蒂利亚。两天之后，他返回村子，身上多了一只野兔，还有一捆石鸡，当然是免不了要挂在火车车厢的车窗旁。他不猎捕鹌鹑的，因为他说这些鸟不值得浪费子弹，而且，猎杀鸟类，要不就用弹弓，要不就留它们一条生路。“猫头鹰”达尼都是用弹弓猎杀石鸡的。

初秋时节，当他父亲出门打猎返乡时，“猫头鹰”达尼总会到车站去迎接他。托运员古哥会宣布火车究竟是准点或延迟抵达。总之，“猫头鹰”达尼总是等候着，直到他带着狂喜的心情和渴望的鼻息，望着狂喷烟雾的火车头驶进弯道。他总是循着那一捆石鸡找到父亲的身影。狭小的月台上，站在父亲身旁的他，接下父亲交给他的猎枪以及死了的猎物。对“猫头鹰”达尼而言，这是信任的证明，对他意义非凡，虽然枪支扛在肩上很沉重，而且猫群在一旁也展现着强烈的好奇心，但他总是战战兢兢地以狩猎应有的严肃扛着枪。

接着，他则是目不转睛地盯着父亲把猎枪清洗干净并上油。他在一旁总有问不完的问题，至于他父亲是否一一回应，端赖他当天的心情而定。不过，他父亲通常一定会模仿石鸡飞行时的叫声“噗嘞……”，因此，“猫头鹰”达尼深信，石鸡飞行时一定会发出“噗嘞……”的叫声，绝不可能是别种方式。当他和死党“小癞子”聊起这件事时，两人起了严重的争执，因为黑曼确信，石鸡飞行时确实会发出声响，尤其是冬季和刮风的日子，但是，它们发出的声音是“啵嘞……”，而不是“猫头鹰”和他父亲所说的“噗嘞……”。两人各执一词，对于石鸡真正的叫声始终没有共识，那天下午，他们俩就这样不欢而散。

“猫头鹰”达尼期待看到父亲丰收归来，随身带回几只野兔，车窗旁挂着半打石鸡，同时，他也渴望再见到已经两三天不在家的小可卡犬杜拉。杜拉纵身跳下火车，一见到他，两只前脚立刻搭在他胸口，接着伸出舌头舔个不停，殷切地把他那张脸舔得又湿又黏。他也不断抚弄着它，并且颤抖着声音亲热地对它说个不停。一回到家，“猫头鹰”达尼随即将装有剩菜剩饭的旧罐头拿到院子里，并且拿了个窄口水桶，体贴地帮小家伙把大餐弄软。

这片山谷不见石鸡踪迹的原因一直困扰着“猫头鹰”达尼。他突发奇想，说不定石鸡始终不曾离开山谷。他兴奋地攀上大草原消磨时间，从高处眺望远山，浓密的栗树与桉树林，多石的村落，以及零星散布的白色房屋。但是，这并不能让石鸡感到快乐，看来，它们更在乎可以大吃大喝的满足感。

父亲曾告诉他，多年前，鞋匠阿雷养的一对石鸡溜走，后来就躲进山里去了。几个月之后，山谷里的猎人们记起了要去猎捕这对石鸡。三十二支猎枪加上十五只猎犬。任何小细节他都没忘。他们一大早从村子出发，直到暮色笼罩大地才发现石鸡踪影。只剩下母石鸡带着三只干瘦的小鸡，饿得无力逃脱，只能乖乖等着被猎杀。最后，三十二个猎人为了四件猎物归属问题吵翻天，最后以子弹在巨石间穿梭的画面收场。那天，死掉的人几乎比死掉的石鸡还多。

“猫头鹰”跟“小癞子”黑曼提起这件事，黑曼却告诉他，他父亲的石鸡溜走，后来在山区野放，这些是事实，但是其他部分是人们加油添醋乱编的。

收到奥雷里欧舅舅的信之后，“猫头鹰”达尼就开始紧张不安，怎么样都冷静不下来。“大公爵”抵达时间未定，也不知道何时才能跟着父亲一起去猎捕苍鹰。若问他有什么忧虑的话，他最怕的就是死党们一见到新玩意儿，恐怕就不再喊他“猫头鹰”，另外给他取个新绰号——大公爵。这时候换个新绰号会让他很难过的，那就跟改姓一样啊！不过，“大公爵”总算来了，他的死党们跟他一样兴奋，根本没有闲工夫去发觉，原来这只令人印象深刻的大鸟，其实是个体形庞大的猫头鹰。

乳酪师傅将“大公爵”一脚拴在马厩的角落，如果有人进来看它，这只大鸟必定竭力咆哮，仿佛一只盛怒的猫。

它每天要吃掉逾两公斤碎肉，有天晚上，“猫头鹰”达尼的母亲怯怯地提及“大公爵”吃得比乳牛还多，而乳牛还能挤奶，“大公爵”却什么贡献也没有。乳酪师傅没搭腔，于是，母亲又问他，他们就这样让“大公爵”继续当个白吃白喝的贵客，或是它将来能给家里贴补家用。“猫头鹰”达尼不禁颤抖着，他心想，父亲八成又要摔盘子或陶制奶酪模子，他发脾气的时候都是这样的。然而，这次乳酪师傅倒是忍住了，只是神情严肃地说了一句：

“我想它是可以贴补家用的。”

过了一阵子，父亲有天晚上突然告诉“猫头鹰”：

“你去准备一下，明天我们去猎苍鹰。天一亮我就叫你。”

“猫头鹰”达尼突然觉得背脊一阵寒战。没来由地鼻子已经嗅到乳酪师傅打猎穿的长裤散发的百里香气味，子弹发射后的干燥铅粉味，而他父亲总会耐心谨慎地添加弹药后重新使用，直到完全无法再用为止。这孩子已经可以感受到与狡诈凶猛的苍鹰决斗的场面，就像事先策划好的远足。

父子俩拂晓出发。小路两旁的蕨类植物满布晶亮的露珠，青草叶尖顶着一粒粒水银般的小水滴。兰多峰的斜坡上，朝阳从山后露了脸，山谷尽头上空浮着一片镶了银边的乌云。站在高处远眺这幅景致，眼前仿佛一片湖泊，满溢着轻盈油亮的流动液体。

“猫头鹰”达尼痴迷地打量周遭环境。每当途中有狗儿朝着他们狂吠时，在他背后被关在木制笼子里的“大公爵”，也随即发出愤怒的叫嚣。

刚踏出家门时，达尼询问乳酪师傅：

“我们不带杜拉一起去吗？”

“杜拉今天派不上用场。”他父亲答道。

小男孩打从心里替这条母狗感到遗憾，因为它一见到猎枪，一嗅到乳酪师傅的长靴和长裤的味道，立刻急着要跟出去，偏偏它得留在家里。攀爬了兰多峰南侧斜坡之后，眼前尽是明亮的天色，田野的清香扑鼻而来，这时候，“猫头鹰”达尼又想起了家里那条母狗。接着，他把母狗杜拉和所有事情都抛诸脑后了。只见他父亲端着一张窥伺的面孔，蹲伏在两块灰色岩石之间，右脚被绑住的“大公爵”则在五米外激动地咆哮。他躲在灌木丛间，正好就在他父亲对面。

“你不要乱动，也不要出声；苍鹰可是机灵得很，他们连拉丁文都听得懂呢!”乳酪师傅这样提醒他。

于是，他蜷缩在自己的藏身处，心里却纳闷着，他父亲说苍鹰通晓拉丁文，这跟它们一身饱和的栗色羽毛有无关联？因为那颜色就跟修士们的栗色长袍一模一样。或许，他父亲说的只是玩笑话，纯粹只想找话说。

“猫头鹰”达尼瞥见父亲手指着天空给他看。他不动声色地抬头一望，看见的是三只苍鹰在他头顶上盘桓画圈。“猫头鹰”达尼感受着前所未有的焦虑不安。他再度观望父亲，随即发现他脸色苍白，并且小心翼翼地紧握着步枪。“大公爵”显得愈加兴奋了，同时不断咆哮。“猫头鹰”达尼趴在地上，屏息看着苍鹰在他们上空逐渐下降。他几乎能够清楚辨识三只大鸟的所有细节。其中一只格外硕大。“猫头鹰”突然觉得腿上发痒，但为了避免制造任何声响和惊动，只好忍着不去抓。

霎时，其中一只苍鹰从空中垂直骤降，急速掠过“大公爵”头顶。另外两只立刻跟进。“猫头鹰”达尼心跳加速。他皱着一张脸，正等着开枪那一幕，偏偏一直不闻枪响。他惊愕地看了看他父亲。

他父亲紧盯着那只巨大的苍鹰，这时候，他再度举起猎枪瞄准，但还是没开枪。“猫头鹰”达尼心想，他父亲可能碰到严重的问题了。他从未见过苍鹰与人如此接近，然而，他父亲却没开枪。

过了半晌，三只苍鹰又回来了。达尼的兴奋之情有增无减。第一只苍鹰近在咫尺，“猫头鹰”甚至瞥见它又圆又亮的眼睛紧盯着“大公爵”，还有它那锐利弯曲的指甲。第二只凌空飞过。它们就像一组纵列成队的战机。此刻，大苍鹰正在下降，双翅张开，在蔚蓝晴空下格外醒目。乳酪师傅等待的显然就是这一刻了。达尼静观父亲的反应。他的枪口一直瞄准那只大鸟。苍鹰平稳展翼掠过“大公爵”。就在这一瞬间，枪声响起，回音在山谷间回荡。大鸟在空中停止了飞翔，羽毛四散纷飞，巨大的翅膀疯狂挥动着，却是欲振乏力，已经无力逃离危险地带了。乳酪师父这时候又开了一枪，苍鹰在一阵哀嚎之后，终于裹着一身凌乱羽毛昏厥过去。

达成目标的父亲呐喊欢呼，却没听到“猫头鹰”达尼的呼应。听到第二声枪响时，他立刻用手捂住了脸颊。巨响发出的同时，他感受到皮肉热烫疼痛，仿佛挨了鞭打。把手放下之后，他看见手掌沾了血迹。他略感惊恐。这时候，他恍然明白，父亲的枪弹射中他了。

“你打中我了。”他怯生生地说道。

乳酪师傅愕然一愣；他的兴奋立刻冷却了。他走近儿子时，气得差点掉泪。

“会不会很严重啊？儿子。会不会很严重？”他急切地问道。

不过短短数秒钟的光景，乳酪师傅眼前的一切都成了漆黑一片，无论天或地，都是一片黑。他一直省吃俭用，天天锱铢必较过日子，刹那间，这一切完全失去了意义。如果儿子死在他的枪下，如果儿子不能升学了，他该怎么办？不过，当他走近一看，脑中的愁云惨雾顿时烟消云散。他在儿子身旁急切地发出了高分贝的哈哈大笑，然后露出故作惊恐的夸张神情：“啊！没什么，没什么！我还以为是射中别的地方了呢！擦伤罢了。会痛吗？会不会痛？哈哈！那只是霰弹里的小铅弹而已啦！”

父亲如此漠视他的伤口，“猫头鹰”达尼着实不太高兴。不管伤口是大是小，毕竟是枪伤啊！接着，他伸舌头去顶了顶脸颊内部的肿包。那是小铅弹，而小铅弹可是四分之一个子弹呢！几乎就是个子弹了，一个小子弹啊！

“现在不怎么痛了。我感觉那儿麻了。但是，刚才还蛮痛的。”他说。

伤口淌着血。他父亲又转过头去盯着被打落的苍鹰。儿子那点小伤，根本就无关紧要。

“你有没有看见它掉下来的样子啊？达尼。你有没有看见那个狡猾的家伙，挨了第一枪之后，居然还想作怪呢？”他问道。

父亲极度兴奋的情绪感染了“猫头鹰”达尼。

“我当然看到啦！爸爸。它就掉在那里……”“猫头鹰”说道。

于是，父子俩拔腿开跑，两人边跑边跳，跑向锁定的地点。苍鹰蜷缩在地，死后的躯体仍微微抽搐着。而瘫在地上的大鸟翼展达两米。

回到家之后，“猫头鹰”达尼问父亲：

“爸爸，你觉得我这里会留下疤痕吗？”

乳酪师傅一副不太搭理的模样。

“不会的，那个伤口会愈合得很好。”

“猫头鹰”达尼眼眶几乎含泪。

“可是……可是……我这里都不会留下疤痕啊？”

“当然不会，这根本就没什么。”他父亲不耐烦地重申。

“猫头鹰”达尼必须转移思绪，免得自己忍不住大哭起来。刹那间，乳酪师傅揪住儿子的脖子：

“喂，这件事情绝对不能让你妈知道，懂吗？如果你还想再跟我一起来打猎的话，绝对不能提起这件事，知道吗？”

这时候的“猫头鹰”达尼心情好多了，因为他觉得自己和父亲成了共犯。

“我知道了。”他说道。

隔天，乳酪师傅带着断气的苍鹰进城，直到下午才回家。他连衣服都没换，直接又带着关在笼子里的“大公爵”赶往古叶莱，一个附近的小村子。

这天晚上，吃过晚餐之后，他在餐桌上摆了五张百元大钞，对妻子说道：“哎！这就是大公爵替你贴补的家用。它并不是你所谓的白吃白喝的贵客。四百块钱是古叶莱村的神父向我购买这只大鸟付出的价钱，另外的一百块是城里的‘向危险动物说不’协会付给我的赏金，因为我猎杀了一只苍鹰。”

达尼的母亲没吭声。为了维护自己的立场，她丈夫向来都是这么固执又顽强。他本人对此也毫不掩饰：“打从我结婚那天开始，我一直就喜欢在老婆面前当个大男人。”

接着，他哈哈大笑起来，笑声洪亮厚实，只有他自己知道个中原因。

13

有些事情是人的意志力无法掌控的。“猫头鹰”达尼刚刚体验了这件事。他一直以为，人可以在想要和不想要的东西之间自由选择；就像他自己，只要他愿意，他可以去找“独臂佬”吉诺家走廊上那个牙医拔掉烂牙，这医生每周四早上在这儿看诊，只付一丁点儿租金。有些人，例如“残障人士”卢卡斯，甚至因为觉得手脚碍事而截肢断脚。换言之，直到翻墙到“拉丁暴发户”院子里偷摘苹果，并且被蜜嘉撞见的那个下午，“猫头鹰”达尼一直认定人们可以不在乎一个突如其来的念头会造成何种障碍，无论是攸关身体或心灵。

然而，就在两手各捧着一个苹果，垂头丧气离开“拉丁暴发户”农庄时，“猫头鹰”达尼恍然大悟，原来人的意志力并非生命的一切。有些事物不请自来，随之驾驭人们，并以残酷无情的蛮横霸道闯进人们的生活。就像——他现在才明白——蜜嘉令人眩惑的美貌。就像不信上帝的大肚佬抱持的怀疑论。就像大圣人何希神父源源不绝的热心。总之，就像萨拉对弟弟“鸟头仔”总是隐约带着恶意。

自从那次偷摘苹果失风之后，“猫头鹰”达尼因此明白，原来蜜嘉是个非常美丽的女孩，更有甚者，蜜嘉的美貌点燃了他胸中一把无以名状的火。只要有人在他面前提及蜜嘉，那把火就会烧得他脸部发烫。这已经成为他生命中奇特的部分，这个部分也打破了他至今一直是漫不经心且独立行进的生命。

“猫头鹰”达尼很认命地接受了这个现象，毕竟，不可避免的事物，唯有接受一途。每晚入寝时，或是礼拜天以及重要节日享用奶酪时，他总是忍不住想起蜜嘉。他因此猜想，或许蜜嘉意味着一种甜美而平静的幸福感。

起初，“猫头鹰”达尼试图摆脱内心那股让他委靡不振却无力反驳的压力，但是，他终究得承认，脑子里时时刻刻思念着蜜嘉，仿佛已成了他特有的资产，也形成他生活中非常私密的部分。

每当蜜嘉不在村子里时，这座山谷在“猫头鹰”达尼眼中随即黯淡了下来，天地变成一片荒芜，骇人且阴郁。然而，当她返回村子时，所有外观和色彩完全换了样，牛群的哞哞叫声听起来更悦耳、更有节奏，大草原看起来更青翠，就连穿梭在荆棘篱笆间的乌鸫啼声也清脆响亮多了。这时候的山谷，宛如经历一场奇特的重生，所有景致、气味、色调以及特有的声响，在在显得格外深植人心。一言以蔽之，蜜嘉的双眸仿佛是这座山谷唯一的太阳，而她的轻柔话语则是轻拂山谷的微风。

“猫头鹰”达尼隐藏着他对蜜嘉热烈的仰幕之情，成了他唯一不和别人分享的秘密。然而，他的眼神，或许还有他的语气，都显现着内心藏不住的兴奋。

他的两个死党也很仰慕蜜嘉。他们仰慕的是她的美丽，就像他们仰慕铁匠的壮硕身躯，或是大圣人何希神父的慈悲，以及“独臂佬”吉诺的残肢——但这是“鸟头仔”得知吉诺为亡妻哭泣之前的事了。那是仰慕没错，不过，那就跟仰慕美丽或强而有力的事物一样，后来并不会留下痕迹。在她面前，他们一定感受到了一种全新的美好情绪，足以让他们立刻忘却弹弓混战的挫败以及莫席老师的鞭打。他们的心醉神迷并没有持续；就像一场爆炸，短暂且颓败。

“猫头鹰”达尼由此领悟到自己对蜜嘉的感觉是很特

别的，和他两位好友的感受完全不一样。如果不是这样，为什么蜜嘉前往美洲或到城里住个几天时，“鸟头仔”罗贵或“小癞子”黑曼没有因此瘦了三公斤？或是蜜嘉重返山谷长住时，不但把瘦下的三公斤胖回来，甚至还多胖了一公斤？这就表示他对蜜嘉的感情是与众不同的，和他两位同伴的感觉是截然不同的。虽然，他们只要一提到她就会兴奋莫名，或如“鸟头仔”罗贵那样，闭上双眼，然后吹一声轻盈响亮的口哨，完全就是他父亲瞧见漂亮小姑娘时的那副德行。那纯粹只是炫耀，那只是浮夸刺耳的口哨，不管怎么说都称不上持续激动的内心感受。

那天午后，就在老橡树大草原上，他们三人聊起了蜜嘉。这次的话题从死亡谈起，据说，战乱期间，人死了就埋在大草原正中央的老橡树下。

“大概都变成灰烬了。”“小癞子”说道，“连骨头都没有啦！你们觉得，蜜嘉死了以后，会不会也跟其他人一样腐烂变臭，最后变成一把灰烬？”

“猫头鹰”觉得自己像是狠狠挨了一巴掌。

“不可能！”他出声反驳，仿佛捍卫的是自己的母亲。“蜜嘉永远都不会变臭的。死了也一样！”

“鸟头仔”对天干笑了几声。

“真是够蠢的！蜜嘉死掉的时候会变得很臭，就跟大家一样啦！”

“猫头鹰”达尼还是不服气。

“蜜嘉死掉的时候，可能闻起来有庄严的味道；她是个好人啊！”他补充说道。

“什么味道？”罗贵嘟囔着。

“就是圣人的味道啊！”

“鸟头仔”罗贵怒火中烧。

“这只是一种说法而已！你不要以为圣人都闻起来跟古龙水一样香喷喷的。对上帝来说是啦，但是对我们这些用鼻子闻味道的人来说，根本不是这样。你看看何希神父，我想，没有人比他更圣洁了吧？你说他没有口臭吗？何希神父绝对是个大圣人，但是当他死掉的时候，一定会很臭，就跟蜜嘉一样，跟你、跟我、跟所有人一样。”

“小癞子”黑曼突然岔开了话题。擅闯“拉丁暴发户”农庄不过是两周前的事情。他睁大了双眼，努力想说出话来。他总要费好大的劲才能表达自己的看法。他的鞋匠父亲确信，秃头的人脑袋都开了天窗，所以比较不灵光。

“你们有没有发现……你们有没有发现啊？”他突然问道，“那个蜜嘉的皮肤？看起来就像丝做的一样哩！”

“那个叫作肌肤……拥有光滑肌肤！”“鸟头仔”罗贵澄清，“整个村子里，蜜嘉是唯一拥有光滑肌肤的人。”

得知蜜嘉是全村唯一拥有光滑肌肤的人，“猫头鹰”达尼喜不自胜。

“她的皮肤就像充满光泽的苹果。”他羞怯地提出自己的看法。

“鸟头仔”罗贵自顾自地说道：

“那个为独臂佬自杀的胡赛花，虽然长得胖，但是根据我父亲和萨拉的说法，她也有美丽的肌肤。在大城市里，许多女人都有美丽的肌肤。在乡下却没有，因为皮肤不是被太阳晒伤，就是被雨水浸得皱皱的。”

“小癞子”黑曼对此略有所知，因为他有个哥哥住在城里，这几年圣诞节期间返家过节时，叙述了许多城里的事情。

“不是这样的。”他打断谈话，一副自信满满的样子。“我知道为什么。小姐们每天晚上抹乳液和药水，这些东西可以把皱纹抹平。”

另外两人目瞪口呆地望着他。

“我还知道更多事情呢！”他说话的语调缓和了一些，罗贵和达尼被他自信神秘的神情所吸引，随即凑了过去。“你们知道为什么蜜嘉的皮肤都没有皱纹，而且保持得就像小女孩一样柔嫩吗？”他说道。

另外两人异口同声提出同样的问题：“为什么？”

“因为她每天晚上睡觉前都塞灌肠剂。电影里的女人都是这样的。这是我父亲说的，黎开度医师也跟我父亲说这有可能是真的，因为老化来自肠胃。肠子太肮脏，脸上就长皱纹。”

对“猫头鹰”达尼来说，这样的陈述是个粗蛮的打击。他心里已经把蜜嘉和灌肠剂混淆成令人恼火的杂乱。那根本就是南辕北辙、绝不相容的两个极端。不过，他突然想起莫席老师常说的那句话：不同的极端会碰触在一起，并且让人感受到筋疲力竭的消沉，仿佛身体大量流失了什么似的。“小癞子”的说法是认真的，完全有可能是事实。但是，过了两天之后，当他再见到蜜嘉时，内心隐忍的疑虑随即烟消云散，他顿时明白，黎开度医师、鞋匠和“小癞子”黑曼以及村子所有的人都在议论灌肠剂，那是因为他们的母亲、妻子、姐妹和女儿都没有光滑肌肤，只有蜜嘉才有。

蜜嘉像个幽影似的紧随“猫头鹰”达尼，有事该做时如此，无事闲逛时也是。这个女孩在他脑袋里萦绕不休，就像着了迷一样。因此，他完全没考虑女孩大他十岁这件事，倒是很担忧两人门不当户不对这件事。他怪自己怎么出身如此贫穷，而她却是个富家女，他也责怪做乳酪的父亲，当年怎么没有跟着贺瑞德，也就是蜜嘉兰女士的幺子一起离乡去美洲打天下。如果是那样的话，他现在说不定拥有两家高级餐馆、一家收音机专卖店，以及三艘贸易商船等等，还有电器行，就像“拉丁美洲暴发户传声筒”在城里经营的那家。如果拥有这么一家电器行，他和蜜嘉之间的差距就只剩两家高级餐馆和三艘贸易商船了。现在，不只差了两家高级餐馆和三艘贸易商船，甚至还少了一家不能说不重要的电器行。

然而，即使“猫头鹰”达尼倾心爱慕又心醉神迷，但打从偷摘苹果失风被训斥那天开始，过了好几年之后，他才有机会和蜜嘉交谈。一直以来，“猫头鹰”达尼只能看情况以哀伤或兴奋的眼神向她告别或欢迎她。直到那年盛夏的早晨，她让他搭便车去教堂，就是那辆加长型闪闪发亮的黑色轿车，启动后几乎听不见引擎声。当时，“猫头鹰”已经满十岁了，还差一年就要离家读中学。蜜嘉当时正迈向双十年华，偷摘苹果那一夜之后已过了三年，岁月没有摧折她的皮肤，也没有磨损她的娇容和身材，事实恰恰相反，她的肌肤、身材和容貌已然进入了怡然自在的巅峰阶段。

那天，他顶着八月的艳阳爬着那段令人疲惫不堪的陡坡，催促人们赶赴弥撒的钟声一波又一波传来。他还差一公里路程呢！“猫头鹰”达尼一心只期盼能在何希神父开始念福音书之前进教堂。霎时，他身边响起了蜜嘉那辆黑色轿车的喇叭声，接着，他一脸惊慌地回眸一看，就这样不偏不倚地迎上女孩自然毫不做作的笑容。“猫头鹰”达尼一时全身僵硬，不禁自忖蜜嘉是否记得他偷摘苹果被逮的事。但是，她并未提起那件讨厌的往事。

“小朋友！你要去望弥撒吗？”她问。

“猫头鹰”的舌头一时不知所措，只能以点头来回应。她径自打开了车门，并邀他上车。

“已经快来不及了，而且天气又热。你要不要坐车啊？”

当“猫头鹰”达尼回过神来，他已经舒适地坐在蜜嘉身旁，看着车窗外呼啸而过的路树。他发现坐在女孩身旁的自己一身血液急冲，神经也紧绷得让他浑身不自在。一切恍若梦境，满足中带着些许痛楚。“天啊！”“猫头鹰”暗想。“这比我曾经想象过的更美好啊！”此时，他挺直了身子，整个人硬如纸板，当她伸出细嫩的玉手轻抚他的颈背时，他甚至毫无感觉，接着，她温柔地问道：

“你是谁家的小孩啊？”

“猫头鹰”结结巴巴，费了好大的劲和紧张情绪搏斗着。

“乳……乳酪师傅。”

“你是沙巴东的儿子啊？”

他颔首承认。他发觉她面带微笑。蜜嘉在他的颈背轻柔细致的触摸，让他不禁好奇她的双手手掌是否也有光滑肌肤。

树丛间的教堂钟声依稀可闻。

“你今天下午能不能帮我送一些奶油乳酪过来？”

“猫头鹰”达尼一句话都说不出口，只能不断点头应允。弥撒进行时，他全程毫无头绪，并且两度不按规矩画了十字，坐在他身边的自卫队班长安河，见他如此恍惚，忍不住哧哧笑个不停，忙不迭地拿着三角帽遮脸。

黄昏时刻，他穿上新衣服，悉心梳理头发，并把膝盖好好清洗了一番，然后带着乳酪前往“拉丁暴发户”的农庄。蜜嘉这幢非比寻常的豪宅，简直让“猫头鹰”达尼看傻了眼。所有的家具都闪闪发光、地板又平又光滑，似乎它们也有光滑肌肤。

当看到蜜嘉，猫头鹰在路上积攒的不多的沉稳也消失殆尽了。蜜嘉在一旁观察他，同时付了购买乳酪的款项，并且对他提出许多问题。她真是个亲切随和的女孩，压根儿就不记得偷摘苹果那件不愉快的往事。

“你叫什么名字啊？”她问道。

“达……达尼。”

“你上学吗？”

“有……有。”

“有没有朋友？”

“有。”

“你的朋友叫什么名字？”

“乌头仔和小癞子。”

她做了个不太高兴的鬼脸。

“哇！怎么有这么难听的名字！为什么要用这么难听的名字称呼你的朋友呢？”她说道。

“猫头鹰”达尼这下可慌张了。他现在才明白，原来自己刚才的回答很愚蠢，完全未经思考。在她面前，他应该说自己的朋友名叫罗小贵和黑小曼。蜜嘉是个秀气优雅的闺女，那些粗俗的字眼简直有损她的灵气。她在内心深处必定为他的轻浮而惋惜。就在此时，面对蜜嘉那张笑盈盈的秀丽脸庞，他顿时明了，其实他很高兴自己即将升学，人生又往前迈进一步。他会努力求学，说不定将来会赚大钱。到时候，蜜嘉和他就是同一个社会阶级了，接着他们就可以结婚，而且，说不定那个乌嘉知道之后，也会一丝不挂从桥上投河自杀，就像吉诺大喜当天的胡赛花那样。他满心欢喜地想着大城市的一切，想到有一天他可能成为受人敬重的绅士，再想想自己功成名就时，蜜嘉就不再如此遥不可及。到时候，他不再满口粗俗诨名和脏话，也不再跟朋友拿干马粪偷袭别人，他身上甚至会散发名贵的香水味，而不是一身乳酪味。在这种情况下，蜜嘉就不会当他是个没教养的乡下小鬼头了。

他离开“拉丁美洲暴发户”家的时候，天色已经暗了。“猫头鹰”达尼心想，在黑暗中天马行空真是一件令人愉快的事啊！当他感觉到有几根手指正掐着他手臂时，他差点儿吓坏了。原来是乌嘉。

“猫头鹰，你去给蜜嘉送乳酪，为什么这么久？”小女孩质问他。

乌嘉这样没头没脑地侵犯他的隐私，他满心不悦，连他想成熟进步和思考未来的宁静片刻也不放过。他刻意端出一副可笑的优越姿态。

“你能不能不要来烦我啊？讨厌鬼！”

他快步疾行，玛里乌嘉-乌嘉几乎是跑着跟在他身边，一路跑下陡坡。

“为什么你要穿新衣服去给她送乳酪？猫头鹰，你说嘛！”她坚持要问个清楚。

他突然驻足在路中间，怒不可遏。他迟疑了半晌，考虑是否要出手赏小丫头一个耳光。

“我的事跟你一点儿关系都没有，懂吗？”最后，他撂下这句话。

乌嘉颤抖着声音探问他：

“是不是因为你比较喜欢蜜嘉？比较不喜欢我？”

“猫头鹰”忍不住哈哈大笑。他走近小女孩并对她大吼：

“你听好！蜜嘉是整座山谷最漂亮的女孩，而且还有光滑的肌肤，哪像你，丑八怪一个，满脸雀斑，这样你知道哪里不一样了吧？”

他继续踩着脚步往家的方向走。玛里乌嘉-乌嘉已经不跟他了。她坐在道路右边的排水沟上，双手捂着布满雀斑的小脸，拼了命似的号啕大哭。

14

大家可以天南地北爱说什么都行，反正也不会妨碍到任何人。不过，大家聊起跟他们有关的事情时，却与事实不符。事情不能完全归咎于“鸟头仔”罗贵，而他们三人只是力图以最有意思的方式打发时间，并没有做什么坏事。对于他们玩乐的方式，辣椒大姐、乳酪师傅以及莫席老师有极大成见。只是，谁又能确定辣椒大姐、乳酪师傅和“步兵”不是小题大作？说不定他们根本就是小心眼？

人们常不假思索就责备小孩子，但是大人们的恼怒多半源于他们本身暴躁多疑的个性，而不是孩子们调皮捣蛋。就拿铁匠巴哥来说吧，他总是能够谅解孩子们的行为，就因为他身强体壮胃口好。“步兵”就做不到这一点，因为他这个人就是酸溜溜的，从他扭曲的脸形和肝脏就看得出来。还有他自己的父亲乳酪师傅，因为节俭成性，因而阻碍了他从乐观和幽默的面向看待世事。至于辣椒大姐，说穿了，因为她是个猫主人，而她爱那只猫的方式，仿佛那是她不争气的肚皮生出来的。但是，辣椒大姐那种爱猫成痴的异常行为并不是他们的错，每当乌云四散，太阳在山谷一露出金红色圆脸，那只猫一定趁机跳进橱窗里晒太阳，这也不能怪在他们头上。这件事，谁都没有错，反正事实就是事实。不过，“猫头鹰”达尼总觉得，一切没有所谓对错的事情，最后都由小孩子无可奈何地承担过错。

上周四发生的猫事件，根本就不是什么大不了的事。倘若那只猫是“大胃王”阿东的，或是野兔姐妹花的，一定没事。但是辣椒大姐鲁拉就爱兴风作浪，而且她对猫的情感显然是病态且不正常的。因为，说真的，如果闹着玩真有那么严重或者应受指责，那么，何希神父会在得知这件事之后笑得这么开心吗？一定不会的。再说，真是活见鬼了！谁叫那个小东西要钻进橱窗里晒太阳！当然啦，从另一方面来说，这个习惯倒是为“猫头鹰”达尼和他的死党们带来经济实惠的效益。当他们拿着一毛钱去辣椒姊妹的小铺买饼干时，辣椒大姐会说：

“要盒子里的，还是猫咪碰过的?”

“猫咪碰过的。”三人异口同声答道。

那些“猫咪碰过的”是放在橱窗里的展示品，这些饼干，辣椒大姐卖一毛钱四片，但是同样一毛钱，只能买到盒子里的两片。他们并不怎么介意饼干曾经被猫咪碰过。有时候，碰过饼干的甚至不只猫咪，但是他们还是无所谓。无论如何，反正他们宁可要四片饼干，而不是只有两片的。

至于放大镜，那是“小癞子”黑曼在某个春日早晨带到学校去的。他父亲的工坊一直有这么一副用来检视鞋子的放大镜，不过，“不可貌相”的阿雷几乎没用过，因为他天生好眼力。如果放大镜有能耐把女人的衬裙往上掀一点，他应该就会使用了，不过，他曾经说过：“要看既丰润又风骚的小腿，使用工具就派不上什么用场了。”

那天早上，他们三人用“小癞子”黑曼的放大镜做了各种实验。“鸟头仔”罗贵和“猫头鹰”达尼利用放大镜聚焦阳光，点燃了两条马铃薯枯枝。接着，他们巨细靡遗地解析透过厚厚的镜片而放大的疤痕，呈现出来的是奇形怪状的样貌。然后，他们互相检视了眼睛、舌头和耳朵，最后，他们终于玩腻了放大镜以及镜片显示的那些诡异形貌。

放学后，就在他们经过镇上正要回家时，正好看见辣椒姊妹那只猫，蜷缩在橱窗内的饼干盘上。小家伙满足地发出呼噜呼噜声，毛茸茸的乌黑肚皮晾在阳光下，享受着舒适宜人的温暖。三人走近时，它惊慌地睁大那双浑圆却凶恶的绿眼睛，不过，当它知道自己受到橱窗保护时，随即又闭上眼睛，如如不动，惬意地酣睡起来。

没有人知道绝妙点子究竟是从脑袋的哪个部位浮现的。老实说，就连“猫头鹰”达尼也说不上来，到底是哪一片脑叶提供了放大镜摆在阳光和猫咪乌黑肚皮之间这个念头。这个点子是他突发奇想，然后自然而然，就这样水到渠成了。其实，阳光在黑色猫毛上聚焦成亮点，仅仅数秒钟而已。三个死党满怀期待观察着外观的变化。他们看着猫毛表面逐渐冒出火花，而猫咪仍不改其安祥满足的睡姿。星火在黑色猫毛上定定燃烧着。霎时，一缕白烟缓缓飘起，与此同时，辣椒姊妹那只猫像表演杂耍特技似的弹跳起来，发出愤怒的叫声：

“喵——喵！喵——喵！”

尖锐凄惨的猫叫声渐渐传进屋里。

不约而同，三个死党拔腿就跑。只是，辣椒大姐速度比他们更快，三个小鬼尚未跑完那段陡坡，辣椒大姐已经先从店门探头出来。辣椒大姐凌空挥拳，既恼怒又无助地哭喊着：

“混账！不要脸的东西！你们给我记住！居然敢烧我的猫！下次换我把你们全部烧焦！我会让你们永远记得这件事的！”

这件事的确令人难忘，因为“步兵”莫席老师展现了前所未有的严厉。就因为他们捉弄了那只猫，一连串的惩罚全落在他们头上。“猫头鹰”达尼不禁纳闷：“为什么我们只是稍微烧了一下猫咪，竟然就赏我们每只手数十下鞭打？而且一整天高举着厚厚一大本《圣经史》，书里附有超过一百张全彩插图哩！而他对我们施以如此不通情理的处分，居然没有人出面制止并严惩，就这样放任他把各种处罚一样样加在我们身上，难不成我们被判死刑了吗？”但是，没有人出来说公道话。虽然他的想法不无道理，但是接受惩罚的仅止于他们。这是既定的教育规则，而他们必须谦卑服从才行。这是人类不合逻辑、不合理且不公平的正义。

分分秒秒匍匐前进，膝盖疼痛不堪，高举着《圣经史》的手臂颤抖着，指尖刺痛难忍，“猫头鹰”达尼心想，人生唯一的要务就是尽早摆脱小孩这个身份，摇身一变成为大人。到时候，他可以放心用放大镜烧一只猫，也不会引起全村骚动，更不会让莫席老师滥用职权。

至于隧道那件事呢？放大镜事件至少还有个无辜的受害者：猫咪；但是隧道事件没有任何受害者，就算有受害者，那也是他们自己，结果手掌又挨了鞭打，并且被罚跪好几个钟头，双手同时高举着《圣经史》，高度必须一直维持在头部上方的位置。这实在太不人道了，显然就是滥用威权，因为，简而言之，那天下午，如果那列快车把他们三人都撞死了，“步兵”莫席老师大概就可以轻松休息了。如果是这样，为什么他要处罚他们？或许就因为那列快车没把他们撞死？他们真是倒霉透顶了；两者之差，叫人难以抉择：要不就是被火车轴辗得粉身碎骨，要不就是被罚跪三天，同时还要把附有百余张全彩插图的《圣经史》高高举在头顶之上。

“鸟头仔”罗贵也说不上来，自己的脑袋怎么会想出在隧道里脱裤子等快车这种怪点子。曾经有好几次，他们在隧道里看着客货两用列车或长途火车在面前驶过。不过，这些列车行驶速度缓慢，行经漆黑的隧道时，他们几乎不为所动了。势必要玩点新花样才行。于是，“鸟头仔”罗贵要求他们进行这项新实验：在隧道里等候快车，并且三个人必须在火车经过时同时拉屎。

尚未同意之前，“猫头鹰”达尼先提出了一些谨慎的顾虑。

“万一拉不出来哩？”他问道。

“鸟头仔”罗贵提出斩钉截铁的辩驳：

“只要听见火车慢慢接近就会想拉了。”

他们忽略掉的细节是裤子的存放问题。如果好好把裤子挂在隧道口，这个计划便天衣无缝了。就像“小癞子”黑曼把放大镜带去学校那天，如果没出太阳就不会有事了。但是，冥冥之中就是有些妖魔喜欢在孩子们纯真的活动中搅局，硬是把他们寻常且单纯的处境变得复杂难解。

当时，谁会想到裤子自动加入了命运的游戏？当斗牛士握着长矛在鼠蹊部前方准备出手时，他会去关心斗篷吗？而且，就算斗牛士拿着斗篷向蛮牛挑衅，他母亲也不会把他骂得狗血淋头，更不会有个暴怒的老师鞭打他数十下，还要高举着《圣经史》在头顶之上罚跪。更何况，斗牛士还能赚进大把钞票哩！他们冒险为之，并不期望任何报偿或掌声，甚至没想过火车的烟囱和车轮。他们纯粹只想确认自我的勇气。这样一个尝试需要接受如此严厉的酷刑吗？

那列快车鸣着汽笛，咆哮着驶进隧道，一路喷洒着火花，群山石壁为之颤动。三个小鬼头脸色惨白，半蹲着身子，光溜溜的屁股距离火车轨道仅半米。“猫头鹰”达尼觉得他脚下的世界恐将崩裂瓦解，而在内心深处，他不断祈求上帝庇祐。火车头从他身边呼啸而过，一缕烟雾抚过他的臀部。隧道墙壁震动着，周遭尽是震耳欲聋的轰隆巨响。除了巨大的声响和逼仄的急速之外，他的耳畔传来“鸟头仔”在一旁的提醒：

“抓好膝盖！”

于是，他用力抓紧膝盖，因为长官如此命令，也因为服从比抗命更好办事。他抓着膝盖，紧闭双眼，缩着肚子。当他知道“鸟头仔”下达的命令已经完成时，心情愉快极了。

火车驶出隧道时，三个死党狂笑不已。“小癞子”站了起来，随即把吸进去的烟雾猛咳出来。接着咳嗽的是

“猫头鹰”，最后是“乌头仔”。“乌头仔”从未率先咳嗽，虽然他其实忍不住了。像这种表露情感的状况，总是存在着一种无形的竞争。

当“乌头仔”罗贵语气转为紧张时，两个同伴还在哈哈大笑着。

“裤子不见了。”他说。

笑声骤然停歇。

“裤子应该在那里的。”“猫头鹰”语气确定，同时在黑暗中摸索着。

“小癞子”突然说道：

“你们小心，不要踩到了……”

“乌头仔”一时忘了裤子的事情。

“你们都拉了吗？”他问道。

隧道的幽微黑暗中散布着“猫头鹰”和“小癞子”得意的肯定回应。

“拉了！”

“我也拉了。”“乌头仔”罗贵自承；他笑了笑，因为三人的内脏难得这么团结一致。

裤子依旧不见踪影。他们逐步探索到隧道口。三人的屁股上沾着煤炭，内心则满怀裤子就此遗失的恐惧，三张脸庞因此显露着可笑的惊愕神情。不过，这下谁也笑不出来了。愤怒无情的父母和老师出现在面前可不是什么好笑的事。

霎时，他们瞥见相距四米的前方，那条铁道旁的小径中央，有块不成形的浅黑色破布条。“鸟头仔”罗贵把它捡了起来，三人专注地端详了一番。最后，只有“猫头鹰”达尼鼓起勇气开了口：

“这……这是我破掉的裤子。”他以微弱如丝的音量结结巴巴说着。

裤子的其他部分在小径沿途陆续出现，全都成了细碎的布条。高速行驶的列车卷走了他们的裤子，然后铁制车轴就像个暴怒的猛兽似的，把三条裤子撕裂成碎布。

若不是横生这么一桩出乎意料的倒霉事，大概不会有人知道他们的冒险行动。但是，空气中时时刻刻漂浮着邪恶的妖魔，而且又捉弄了他们一次。当然啦，莫席老师在审视他们的恶行之前，早已先订下了处罚方式。“步兵”一向处罚过当，他们铁定是逃不掉的。此外，处罚学生似乎能让他产生无穷的快感，或者，碰到这种情况，至少他右边的嘴角会向外扩展，甚至连黑色鞭子都想拿起来啃了。

不穿裤子走过整个村子有这么丢人现眼吗？当然！不过，在类似的情况下，还有别的办法吗？难道非要他们极度谨慎，因为丢了裤子就不回村子里？碰到如此艰难的局面，“猫头鹰”达尼、“鸟头仔”罗贵和“小癞子”黑曼实在太震撼了。更折磨人的是莫席老师的愤怒，偏偏这些事情就是会跟他扯上关系。

15

莫席老师常说自己需要妻子更甚于一锅烤肉。只是，这句话，听他在村子里嚷了十年了，他需要的妻子至今仍无着落。辣椒姊妹、野兔姊妹以及大圣人何希神父都认为“步兵”确实需要一个妻子。以他的职业尊严而言，尤其重要。一个老师不能老是不修边幅地出现在学校里；比方说，他和乳酪师傅或铁匠是不一样的。他的职务是有所要求的。当然啦，他的职务要求的首要条件就是足够的薪水，而“步兵”莫席老师却少了这一样。因此，“步兵”莫席老师没有什么像样的衣服，每天穿的还是他第一天抵达村子时穿的那套西装，十年来，这套破旧的西装已经缝缝又补补，而且，他甚至不肯花钱买内衣裤。昂贵的内衣裤会要他半条命，而一个老师却需要以整条命来好好履行职务。

野兔家的卡米拉一向不给他好脸色。那是一定的，莫席老师有好一阵子很迷恋她，但她拒绝了他的追求，因为她说他这个人脸斜嘴歪，嘴巴都快跟耳朵连在一起了。那完全是胡说八道，铁匠巴哥说得对，这个理由根本不足以构成严重问题，因为野兔小姐如果跟他结婚的话，她可以用亲吻的力量修正他的嘴脸。但是野兔家的卡米拉不接受这项任务，而且她还坚称，倘若她亲吻莫老师的嘴巴，那么她还得同时接收他的耳朵，偏偏她又觉得这样很恶心。铁匠巴哥不予置评，不过，他一向认为，亲吻一个男人的耳朵总比亲吻一只母兔的嘴巴好多了。就这样，落花有意，流水无情。野兔家的卡米拉继续挂电话，莫席老师每天依旧不穿内衣裤去学校，衣服的袖口还是又破又旧，手肘处总是有破洞。

“鸟头仔”罗贵向“猫头鹰”达尼和“小癞子”黑曼提出计划那天，正好是个艳阳高照的假日，当时磨坊师傅巴斯夸和“大胃王”阿东正在进行一场九柱戏比赛。

“喂！猫头鹰，”他突然说道：“那个萨拉为什么不干脆嫁给‘步兵’呢?”

“猫头鹰”达尼当下顿觉海阔天空。这么简单又合适的组合，他以前怎么会没想到呢？

“当然！为什么不把他们凑在一起呢？”他应道。

“我说啊……”“鸟头仔”以平和的语气补充道，“两个人只要有一个共同点就可以结婚了。萨拉和步兵的共同点就是，他们俩和我都是水火不容。”

“猫头鹰”达尼越来越觉得“鸟头仔”是个睿智的人。他实在想不出比这个更完美更有创意的见解了。

“当然！”他说。

“鸟头仔”继续往下说：

“你想想，这么一来，家里就剩我和我父亲，就我们两个人，没有萨拉呢！而且在学校里，莫席老师会对我另眼看待，因为我是他老婆的弟弟，包括你们在内，他也会善待你们，因为你们是他小舅子的死党。我这么讲，很有道理吧？”

“猫头鹰”一副笃定的模样，看得出来他非常兴奋。

“当然！”达尼还是一样的反应。

“当然！”“小癞子”在一旁也跟着帮腔。

“鸟头仔”面有疑虑地摇着头。

“问题是他们愿不愿意跟对方结婚呢？”他说。

“怎么会不愿意呢？”“猫头鹰”语气坚定。“步兵已经嚷了十年说他需要老婆，而萨拉也从来没说过她讨厌男人之类的话。再说，你姐姐长得又不漂亮。”

“这我知道，她确实长得跟鬼一样；但是，野兔家那个也很丑啊！”

“萨拉这个人是不是很严谨啊？”“小癞子”问道。

“才不哩！如果有只苍蝇掉入牛奶里的话，她会笑一笑，然后说：‘准备一下噢！现在要送你去旅行啰！’接着，她会很干脆地把牛奶喝光光。然后，又是一阵哈哈大笑。”“鸟头仔”罗贵说道。

“所以哩？”“小癞子”问他。

“苍蝇不会再来找她麻烦；那只是一时的问题而已。结婚，又是另外一回事了……”“鸟头仔”如是说。

三个死党沉默了半晌。最后，“猫头鹰”达尼先开了口：

“我们为什么不干脆安排他们见面呢？”

“怎么安排？”“鸟头仔”问道。

“猫头鹰”一跃而起，拍了拍屁股上的灰尘。

“跟我来，等一下就知道了。”

他们离开九柱戏场地，然后来到马路上。“猫头鹰”一副满腔狂热的模样。

“我们写一封信给‘步兵’，就像是萨拉自己写的一样，你懂我的意思吗？你姐姐每天下午在大门口看人。我们就告诉他，说她在那里等他，当他在那里看到她时，他会以为她真的在等他。”

“鸟头仔”罗贵一脸严肃，看似不悦，当他不以为然时，通常就是这副表情。

“万一‘步兵’认出字迹呢?”他提出质疑。

“那么我们就要改变字迹啦!”“小癞子”兴冲冲地插嘴。

“鸟头仔”又补上一句:

“万一他把信拿给萨拉看呢?”

达尼思索了一会儿。

“我们可以告诉他,去见她之前,一定要先把信烧掉,而且绝对不可以在她面前提起那封信,否则她会羞愧得想去死,而且再也不想见到他的脸。”

“万一他不把信烧掉呢?”“鸟头仔”固执地再提假设。

“他会烧掉的。那个讨厌的家伙就怕娶不到老婆。他也老大不小了,而且他知道自己的嘴歪了。这让他看上去很丑。他也知道女人不喜欢亲吻那样的嘴巴。野兔已经都说得够明白了。”“猫头鹰”说道。

“鸟头仔”罗贵仿佛自言自语似的接了腔:

“他如果有自知之明的话,一定不敢透漏半点儿消息;自从卡米拉拒绝他之后,他已经吓坏了。你这样说,蛮有道理的。”

“鸟头仔”宽阔的胸膛逐渐重拾信心。他已经在想象日子里没有萨拉,在学校里没有“步兵”时时刻刻在他头顶挥舞着直尺恫吓他;他将享受着从未拥有过的独立。

“既然这样,我们什么时候写信给他呢?”他问。

“现在就写。”

当时，他们就在乳酪店门口，于是直接进了屋子。“猫头鹰”拿出一支铅笔和一张纸，随即以印刷体写着：“莫席先生，如果您需要的是妻子，我需要的就是丈夫。傍晚七点，我在我家门口等您。您永远都别跟我提起这封信，而且要把信烧掉。否则，我恐怕会羞愧得不想活了，而且从此不想再看到您的脸。我们见面时一定要像凑巧碰见一样。萨拉敬上。”

午餐时刻，“小癞子”黑曼溜到老师家把信从大门下塞了进去，到了当天傍晚六点四十五分，他和“猫头鹰”达尼踏入“鸟头仔”家，等着要从干草房的小窗孔看好戏。

这件事情计划得很周详，但是差一点儿就功败垂成。当他们抵达时，那个萨拉，又跟平常一样，把“鸟头仔”关在干草房里。当时已是六点四十五分了。“猫头鹰”达尼暗想，“步兵”想娶老婆已经十年了，一定不会迟到的。

萨拉的声音回荡在楼梯间。这套祷辞虽然已经听了无数次了，但此刻的“猫头鹰”达尼还是吓得直发抖。

“当我的双眼因惧怕迫切死亡而变得脆弱且褪了色，那憔悴且垂死的眼神将注视着您……”

“鸟头仔”应该知道当时已经快七点了，因为他总是匆匆回应，根本不让萨拉说完整个句子：

“耶稣慈悲，求您垂怜。”

萨拉停了下来，因为她听见有人上楼的声音。“猫头鹰”和“小癞子”上来了。

“你好！萨拉。你就原谅‘乌头仔’吧，他不会再犯错了啦！”“猫头鹰”略显不耐。

“你知道他做了什么吗？爱管闲事！”她这样说道。

“一定是做了坏事嘛！你一定不会无缘无故处罚他的。你做人最公正了。”

萨拉面露笑容，显得很高兴。

“还要再等一下。”她说，接着，她一心急着要赶快结束这次处罚：

“当我失去所有知觉，整个世界在我眼前消失，而我在垂死的痛苦和死亡的渴望之间哀号着……”

“耶稣慈悲，求您垂怜。你结束了没啊？”

她阖上祈祷书。

“结束了。”

“好啦，开门！”

“知道错了吗？”

“知道啦！萨拉。你今天差点让我吓破胆了啦！”

萨拉站了起来，然后一脸得意地打开干草房的门。接着，她缓步走下楼梯。到了楼梯间时，她回过头来。

“乖一点儿！不准捣蛋啊！”她正色说道，仿佛已有预感。

“乌头仔”、“猫头鹰”和“小癞子”匆匆挤到小窗旁，三人并未交谈。“鸟头仔”挪开一堆杂物，然后探头扫视街道。他焦虑地问着“猫头鹰”：

“她出去了吗？”

“她正在搬椅子，手上拿着女红活儿……现在已经坐下来了。”他的语调突然变得急切，“‘步兵’从街角走过来了！”

“猫头鹰”的心脏开始疯狂乱舞，比起他脱了裤子在隧道里听着快车呼啸而过，或是当母亲语带讥讽质问父亲“大公爵”是不是白吃白喝的贵客，此时的心跳甚至更狂乱。今天这件事比那些事情更令人激动也更重要。他把头挤进“鸟头仔”和“小癞子”之间，接着，他看见莫席老师已驻足在萨拉面前，背着手，身体微倾，不断地对她挤眉弄眼，面带愉快笑容，左边的嘴角和耳朵几乎要连在一起了。萨拉一脸诧异地望着他，最后，在不计其数的暧昧眼神和斜挂一边的笑容攻势之下，她忍不住慌张起来，终于结结巴巴说道：

“您好啊！莫先生，您是不是有什么喜事啊？”

这时候，他在她身旁的石椅坐了下来。他借由嘴巴而快速变换着表情，由此可见他的志得意满。

一脸惶惑的萨拉在一旁观望着他。

“我已经来啦！小姑娘……我这个人做事不会拖泥带水的，对吧？至于其他的，我一个字也不会提的。你不用担心！”

莫席老师这个人口才了得，大家都同意他是全村口才最好的人之一，而几位具备同样资格的候选人分别是：何希神父、莫席老师以及赖孟村长。

“步兵”在一旁满嘴甜言蜜语，加上一箩筐玄妙难懂的话语，让萨拉听得一头雾水。

“您……您今天是怎么了吗？莫先生……”她说。

他又对她挤了挤眼睛，一副你知我知、心照不宣的模样，什么话也没说。

楼上的干草房里，小窗孔旁的“鸟头仔”在“猫头鹰”耳畔喃喃说道：“真是个爱嚼舌根的啰唆鬼！他说了一堆不该说的话。”

“嘘！”

“步兵”这会儿正挨近萨拉，突如其来地抓起她的手。

“我最欣赏的女性特质就是真诚啊！萨拉，谢谢你。你和我不需要拐弯抹角，也不必伪装隐瞒。”

萨拉随即满脸绯红，就连一头红发也显得逊色了。“便壶”抱着水瓮正朝他们走过来，于是萨拉连忙推开“步兵”的手。

“天啊！莫先生！我们这样会被人家看见的！”她难掩喜色大发娇嗔。

楼上的干草房小窗旁，“鸟头仔”罗贵、“猫头鹰”达尼和“小癞子”黑曼径自傻乎乎地嘻笑着。

“便壶”绕过街角之后，“步兵”重施故技。

“要不要我帮你缝这衣服呀？”他说。

这时候，他抓起她的双手。那双手却挣扎着。萨拉做出本能反应，羞愧地把布料藏到身后。

“手不要乱来啊！莫先生。”她嘟囔着。

楼上的干草房里，“鸟头仔”低声笑了笑。

“嘻嘻！真是个骚货！”他说。

“猫头鹰”和“小癞子”也跟着笑呵呵。萨拉虽然满怀困惑，表面上一副生气的模样，心花怒放却怎么也掩饰不了。于是“步兵”开始没完没了地赞美她的双眼、她的嘴巴，以及她的头发，完全不给她喘息的机会，他显然已经察觉到，从未见过男人这样献殷勤的萨拉，那颗纯纯的心，就像阳光下的冰块，渐渐溶化了。一连串的赞美奉承结束之后，莫老师挨近萨拉身旁，定定端详着她。

“我们来看看，你知不知道自己的眼睛是什么样子啊？小姑娘……”

她露出一脸傻笑。

“您在说什么呀？莫先生……”

他坚持要她说。看得出来萨拉尽量避免开口说话，免得自己粗俗的言谈让“步兵”失望，毕竟他是全村口才最好的人之一呢。萨拉显然在努力回想自己是否读过好文章，或是一些文雅诗意的佳句之类的，不过，首先出现在她脑海的还是她反复念过最多次的句子。

“这个……我的眼睛……就是……脆弱且褪了色嘛！莫先生。”语毕，她自顾自地呵呵笑了几声。

这个萨拉真固执。这个萨拉实在不够伶俐。她也知道，祈祷书里出现的形容词汇比较适用于天使，而不是用来形容凡人，但她还是愉快得很。莫老师脸上的惊讶神情被她解读为正面的反应，此乃一连串惊喜的开端，因为他发现，原来她不像他想像中的那样粗鲁愚蠢。然而，楼上的“鸟头仔”心生疑虑：

“那个萨拉一定是说了什么蠢话了，对不对？”

“猫头鹰”提出解释：

“脆弱且褪了色的是死人的眼睛。”

“鸟头仔”真想拿一块砖头朝姐姐头上砸过去。然而，“步兵”露出短暂的惊愕神情之后，这会儿竟是眉开眼笑。他大概是真的很需要一个老婆，否则不会妥协到对此不表意见的地步。他继续使出浑身解数谄媚萨拉，十五分钟之后，萨拉已经陶醉得像个傻瓜一样，双颊绯红，眼神迷茫，就跟一个梦游者没两样。“步兵”急着向心仪的女人表白心意。

“我爱你，你知道吗？萨拉，我爱你，直到地老天荒。每天这个时候，我都会来看你的。那你，你呀！快告诉我……”他又拉起她的手，满怀爱意地紧握着。“你会永远爱我吗?”

萨拉像是着了迷似的注视着他。脱口而出的话语难得这么流利;仿佛她已经不是她自己;仿佛有另一个人在她体内替她发言。

“我爱您,莫先生。直到……直到我失去所有知觉,整个世界在我眼前消失,而我在垂死的痛苦和死亡的渴望之间哀号着。”

“这样啊!”莫老师兴奋地说道,接着,他摩拳擦掌,两度挤眉弄眼,四次眉开眼笑,最后总算起身离去,转进街角之前,几度回眸,并朝着萨拉呵呵笑个不停。

就这样,萨拉和“步兵”成了男女朋友。当他们发现是“猫头鹰”达尼促成两人相遇时,一度对他不甚友善。两人交往了一年半,如今,他必须离家去升学了,而他们居然决定十一月二日诸灵节当天举行婚礼。“不可貌相”的阿雷也不赞成这个婚期,而且毫不保留地说道:

“真正找老婆的男人会在春天结婚;只有找用人的男人才会在冬天成亲。没有例外。”

接下来的平安夜那天,萨拉心情非常愉快。自从成了“步兵”的女友,她的个性变得温和多了。有多温和呢?打从他们开始交往到现在,她仅仅两次把“鸟头仔”关进干草房念祈祷书。这样已经算是收获了。此外,“鸟头仔”在学校的成绩进步了,而且从此再也不需要把超过百张全彩插图的《圣经史》高举在头顶上方。

反之，“猫头鹰”达尼却没得到什么好处。

有时候，他很后悔介入这件事，毕竟，看着“鸟头仔”在他身旁一起高举《圣经史》，总比孤零零地受罚让人安慰多了。

平安夜当天，萨拉心花怒放，她一边给火炉上的烤鸡翻面，一边问“鸟头仔”：

“喂！罗贵，你是不是写了一封信跟莫老师说我喜欢他？”

“才没有哩！萨拉。”“鸟头仔”应道。

“真的吗？”她说。

“我可以向你发誓，萨拉。”他再补上一句。

她舔了舔被烫着的手指，接着说道：

“我就说嘛！如果是你的话，那就是你这辈子做过的唯一一件好事了。好啦，快走开吧！讨厌鬼。”

16

大圣人何希神父在布道坛上喜欢使用各式各样的激烈说服方式：握紧拳头，大声叫喊，厉言责备，额头和脖子大量冒汗，拨弄稀疏的白发，伸出食指严厉地指着台下一张张长椅，有天早上，他甚至把黑色的教士袍撕成碎布，从此成了山谷小村最伤感也最激烈的事件。因为这样，村子里的乡亲们，尤其是男人，大家都不太理会他。大伙儿都认为望弥撒是好事，但到了讲道时间，大家却对他扳着一张脸，个个眉头深锁。圣经并未规定教徒每周日和大弥撒日必须全程听完讲道。因此，何希神父已经超越了天条的规范。大家都说他企图让自己比教宗更像天主教徒，但此举并不妥当，尤其对一个神父来说；更别提还是一个像何神父这样仁慈又善解人意的神职人员，每天都得排解众人的疑难和困扰。

村子里的男人向来有点儿凶狠、死板，而且忘恩负义。然而，一股单纯的运动家精神却在他们身上引发了人性中恶名昭彰的愚勇。那些诋毁何神父讲道的人宣称，一个每说三句话当中便有两句是“事实上”的人，称不上能言善道。这倒是真的。当然啦，每说三句话当中有两句是“事实上”，口才也可以很好。这两件事，在“猫头鹰”达尼看来完全不冲突。不过，有些人不以为然，当他们去听何神父讲道时，其实是为了猜奇数或偶数来赌钱，数目是指他在布道坛上讲过的“事实上”的次数。辣椒大姐坚称，何希神父常说“事实上”是故意的，他早知道男人都习惯在他讲道时玩奇数和偶数游戏赌钱，但他宁可保持现状，至少这样还能让他们听他讲道，或能从这个“事实上”和那个“事实上”之间听进一些道理。另一方面，对于那些在他讲道时心不在焉，老想着大草原、雨季、玉米田和乳牛的人，他一直无法苟同，这么一来，双方的对立必定难以避免了。

这座山谷的乡亲们都是无可救药的个人主义者。赖孟村长也不讳言，村子里的每一个人都宁可在动手为他人谋福利之前死去。人们各过各的日子，他们关心的只有自己。老实说，唯有周日午后黄昏，这座山谷的强烈个人主义才会暂时消失。这时候，年轻人双双对对，往大草原或树林里跑，老人们则是涌入小酒馆里，或是吞云吐雾，或是饮酒买醉。这是很糟糕的事情。为了满足最低等的人性欲求，人们才会因此放弃个人主义。

有一天早上，大圣人何希神父猛力抨击情侣们周日傍晚总是逗留大草原或树林里；他也抨击了一大群人挤在一起跳舞寻欢；他还批评了在“慢郎中”的小酒馆喝酒买醉并赌钱赌到一毛不剩的人，最后，他也反对假日还去收割牧草、挖马铃薯或犁玉米田。就是那天，何希神父一时冲动，突然把身上的黑袍撕成碎片。总之，神父只落得狼狈收场，因为，在这座山谷里，每逢假日不逗留大草原或树林里、不在舞会人挤人、不在“慢郎中”的小酒馆买醉或赌博、不收割牧草、不挖马铃薯或不犁玉米田的人屈指可数。神父先生声称：“事实上，现在这种风俗若不彻底改正，‘最后审判日’那天，天主右边恐怕只有非常少数几个村民了。”

弥撒结束后，一个以辣椒大姐为首的委员会在圣器室拜访了神父。

“请问您啊，神父先生，改正如此败坏的风俗，可以由我们负责吗？”辣椒大姐问道。

大吃一惊的老神父，随即清了清嗓子。他没料到会有如此快速的回应。他仔细端详，一个接着一个地看，都是上帝钟爱的脸庞。他又干咳了几声，借此拖延时间。

“孩子们！”他终于开了口，“如果你们已经有此打算，就由你们负责吧！”

教堂内院里，“大胃王”阿东拿了两块钱给鞋匠阿雷，因为何神父说了四十二次“事实上”，而他赌的是奇数。

在圣器室里，何希神父补充说道：

“我们可以筹设一个中心，让年轻人在不违背上帝的原则下休闲娱乐。只要有心，应该不难达成。一个大厅，设置各种娱乐设施。每周日和假日下午六点，我们可以放映电影。当然啦，我们只能放映合乎道德的电影，务必坚守天主教教规。”

辣椒大姐马上附和。

“地点可以是‘大肚佬’的马厩。他已经不养牲畜，一直想卖了这地方。我们可以向他租用这个地方，何希先生。”她兴冲冲地说着。

野兔家的卡达丽娜加入话题：

“那个不信上帝的人一定不会提供马厩的，神父先生。他是个没有信仰的无赖。他一定宁愿死都不肯把马厩借给我们做这么有意义的事。”

刚才在弥撒中帮忙的“猫头鹰”达尼，目瞪口呆地聆听着神父和这群女人的对话。他本来想走了的，但是，村子里要放映电影这个点子把他留了下来。

何希神父安抚着野兔家的卡达丽娜：

“不要随随便便就下定论啊！孩子。‘大肚佬’骨子里并不是一个坏人。”

辣椒大姐突然迸出话来，仿佛被针刺了一样：

“神父，不信上帝也可以是好人啊？”她问。

野兔家另一个姊妹卡米拉，挺着她那傲人的双峰，硬是插入话题：

“大肚佬这个人，为了赚区区一块钱，要他把灵魂出卖给魔鬼也愿意。我知道，真的就是这样。”

鞋匠的老婆“傻女”丽达兴致勃勃地加入谈话：

“这个无赖早就把灵魂送出去了。魔鬼连一毛钱都不必花就能得到他的灵魂。这个，我们大家都知道。”

何希神父终于行使了自己的职权。他任命了一个委员会，由辣椒大姐主导，他们要负责和不信上帝的“大肚佬”谈妥场地事宜，而且要进城去买电影放映机。大家都认为这是个非常好的决定。结束了冗长的交代事宜之后，何神父宣布，接下来两个月的捐款将花在添购新的黑长袍之用。大伙儿都表态赞同，辣椒大姐自认有此责任，率先捐了五块钱。

三个月之后，不信上帝的“大肚佬”家的马厩已经好好刷洗消毒过了，山谷电影院在此正式开幕启用。第一部电影大受欢迎。山上和树林里几乎不见任何情侣逗留。不过，两周后，问题出现了。已经没有任何“坚守天主教教规”的电影可放映。那么，限制得稍微放宽一些，而且必须继续放映其他的轻浮影片。何希神父放心地答应了，就像遭遇船难的人碰到一块浮板似的，他认为，小过总比大错好。

“把大家聚集在这里，总比让他们在大草原互相摸来摸去要好。”他说。

又过了一个月，城里送来的影片，轻浮程度有增无减。另一方面，过去喜欢在傍晚时刻往大草原或树林里跑的情侣们，现在则借电影放映厅的幽暗，在此大剌剌地缠绵起来了。

有天下午，就在电影放映期间，大灯突然亮起，磨坊师傅巴斯夸龙当场被撞见女友就坐在大腿上。情况越来越糟糕，到了十月底，大圣人何希神父在家里召开了委员会。

“我们必须采取紧急措施。事实上，那些电影根本就不道德，观众在大厅里的行为也不检点。我们奋战的目标彻底失败了。”他说。

“我们在放映厅里开大灯，而且要严格审查电影。”辣椒大姐提议。

大家你来我往讨论许久之后，终于通过了辣椒大姐的建议。审查委员会由何希神父、辣椒大姐以及教堂司事狄力诺。三人每周六在“大肚佬”的马厩集合，然后一起观看隔天要放映的电影。

那天下午，审查电影过程因为其中一幕有争议而中止。

“我认为这个下流女人两条腿太暴露啦！何神父。”辣椒大姐说道。

“我也这么觉得。”何神父附和。接着，他转过头去，看见张着嘴巴的教堂司事狄力诺正目不转睛地盯着电影里的女子，于是，他立刻出言威吓：“狄力诺，你再继续这副德行，我就把你踢出审查委员会！”

狄力诺这个可怜的家伙，一向没什么原则，做事也没气魄。一双水汪汪的眼睛，眼神很温柔，偏偏下巴太短。这样的组合让他那张脸给人一种笨拙傻气的印象。一旦走起路来，笨拙的模样更明显，仿佛跨出的每一步都是那么艰难吃力。完全就是个一无是处的人。当然啦，他还是能做一些简单的事情，而且，教堂司事狄力诺堪称弹奏簧风琴的高手。

神父严厉责备之后，狄力诺低着头，满脸傻笑，一副很舍不得的样子。神父当然有他的道理，但是，哎呀！电影里那个女人的一双腿真是迷人，根本就是世间少见的尤物啊！

何希神父眼看困难与日俱增，对抗整座山谷的人性欲望变得格外棘手。就拿狄力诺来说吧，即使身为审查者和教堂司事，仍对银幕上不知羞耻的女性具有不正当的欲望和淫念。这是一项沉重的任务，无奈他已太年迈也太疲惫。

村民们以暴怒回应在放映厅装设电灯泡以及开灯放映电影这件事。第一次，他们报以嘘声；第二次，他们把电灯泡砸碎。委员会再度召开。电灯泡应该选用红色，以免干扰视线。不过，村民们必须接受电影剪片。磨坊师傅巴斯夸龙首先发难。

“我说，鲁拉小姐，对我来说，如果没有美腿又没有亲嘴，这部电影就没啥看头了啦！”他说。

另外几位年轻人也跟着帮腔：

“要不就给我们一刀未剪的电影，要不我们就回树林里。”

委员会又召开了一次。何希神父情绪非常激动：

“不要再放映电影了，一切都结束了。我建议委员会将放映电影的器材转售给邻近的村镇。”

辣椒大姐尖声回应：

“我们这样等于是把罪恶卖给别人啊！何神父。”

神父沮丧地低下头来。辣椒大姐说的没错，这一次，她说得太有道理了。转售电影放映器材，等于和罪恶进行交易。

“那么，我们把东西都烧掉吧！”他悠悠地说着。隔天，紧邻神父住所的后院里聚集了委员会成员，电影放映器材就在大家面前烧掉了。站在灰烬旁的辣椒大姐，一个不折不扣的宗教法官，公然宣示了她服膺道德的忠诚以及她至死方休的坚定决心。

“何神父！”临别前，她对神父说道，“我会继续为道德奋战。我一定会的。我有我的方式。”

接下来的周日傍晚，她拿着手电筒，只身走遍大草原和山林间。到了黑莓丛后方最隐密阴森的角落里，她发现一对正在卿卿我我的情侣。手电筒的明亮光束掠过两张惊吓的脸庞。

“巴斯夸龙，爱丽娜，你们这样是不道德的。”她只说了这么一句，随即转身离去。

就这样，她不厌其烦地巡遍附近区域，一再重复着她那严厉的劝诫：

“喂！你们两个，这样是不道德的。”

“由于村子里的年轻人良知都麻木了，就由我来替他们的良知发声吧！”她这样告诉自己。这是她自己揽过来的一项艰巨任务，但同时也相当具有吸引力。

接连三个周日，村子里的年轻人忍受着辣椒大姐干扰他们谈情说爱的情趣。不过，到了第四周，反弹情绪爆发了。大伙儿在大草原上将她团团围住。有人想揍她，另外一批人则想剥光她的衣服，把她绑在树上披着夜露过夜。最后，第三群人提议把她丢进秋罗河。辣椒大姐垂头丧气，任由手电筒滑落在地，准备加入冗长的天主教殉教者名单行列；只是，她偶尔还是会哭哭啼啼的，并且边啜泣边哀求大家对她宽厚一些。

就在一路叫嚣和谩骂声中，她被带往桥上。秋罗河的湍急水流在“英国佬的水塘”里凶猛地翻滚着。山谷的夜色中，晕染着凄凉与邪恶的氛围。一大群人像是疯了似的。大家都准备等着看她了断，至于辣椒大姐，她心里后悔得很。

事情发展到最后，辣椒大姐那一夜并未投入滚滚洪流之中，这还得感谢“独臂佬”吉诺，虽然，她曾经言之凿凿，他和他死去的妻子玛里乌嘉当初一定是先上车后补票。看来，“独臂佬”心中仍保有一丝尊严，他仍拥有一份星火般的崇高人格。他勇往直前挤进辣椒大姐和那群年轻人当中，以一个男子汉的气魄保卫她。他甚至动了气，激动地挥舞着残肢，仿佛一根少了旗帜的旗杆。至于那群年轻人，一路上本来就已经消气了不少，这时候也觉得恐吓已经足够，便扬长而去了。

辣椒大姐独自面对“独臂佬”。她不知所措。这样的处境让她觉得有点窘迫。她轻声笑了一下，低头看着自己的脚尖。她又笑了笑，说了句：“好啦！”最后，她在不太清楚自己在做什么的情况下，突然倾身向前，用力地吻了吉诺的断臂。她吓得立刻拔腿就跑，像个疯子似的跑向前方的马路。

隔天，弥撒开始之前，辣椒大姐走进何希神父的告解室。

“圣洁的马利亚！神父。”她说道。

“你将除免世罪，孩子。”

“神父，我……我要认错……我在漆黑的夜晚吻了一个男人。”辣椒大姐补充说明。

何希神父在胸前画了十字，随即抬头望着告解室天花板，一脸莫可奈何。

“天主保佑。”他低声说道。这个村子，实在伤透了他的心。

17

“猫头鹰”达尼可以原谅辣椒大姐的一切作为，唯有唱诗班那件事例外：她以冷酷无情的方式让他在所有乡亲面前出丑，并且一口咬定他根本不像个男生。

这件事，就算他活到一千岁也不可能原谅她的。唱诗班这件事是个侮辱；这是一个男人能够容忍的最大耻辱了。他寻求对策以展现自己的男子气概，结果却演变成让他颜面扫地的窘况。

教堂里，全校所有同学已经在等着他，而当他们抵达时，教堂祭司狄力诺正一脸愁容地用力撕着簧风琴琴谱。

还有令人嫌恶的辣椒大姐也在那儿，手上拿着一根指挥棒，就这样任性地成了团长。

他们一行人进去之后，她以高矮帮他们排列队形；接着，她把指挥棒高举在头顶上方，说道：

“大家注意了！我现在要跟你们一起练习圣母日当天要演唱的《神圣女牧人》。大家注意了！”她又下了一次指令。

她向狄力诺比了个手势，然后将指挥棒往下一摆，男孩和女孩们开始各唱其调：

神圣——女——牧人
我要——追随——你

听了四十二次之后，辣椒大姐露出夸张的悲哀神情：

“够了！够了！不是这样唱的。不是‘神圣’，而是‘神——圣’。就像这样：‘神圣——女牧——人，我——要追随——你，从——山——谷——到——小丘，追——寻你——的足——迹’。大家注意了！”她说的还是那句老话。

她将指挥棒在簧风琴盖上敲了一下，再度吸引了大家的注意力。教堂墙壁被尖锐的童音震得微微晃动。过了半晌，辣椒大姐一脸嫌恶地要求暂停。接着，她手上的指挥棒指着“鸟头仔”。

“你可以走了，罗贵；我不需要你。你的声音是什么时候变的?”

“鸟头仔”罗贵颔首应道:

“我怎么知道?我爸爸说，我刚出生的时候，哭声就跟一个大男人一样了。”

虽然低着头，但“鸟头仔”可是满怀骄傲地说出那段话的，他深信，一个真正的男子汉，从出生的时候就看得出来。低年级学生对他的回应报以鄙夷的讪笑。不过，女孩儿们倒是偷偷以仰慕的眼神瞅着他。

再一次练唱结束之后，鲁拉小姐又淘汰了两个男生，因为他们唱歌走音。一个钟头之后，“小癞子”黑曼也被逐出了唱诗班，因为他的嗓音正处于不高不低的变声期，而辣椒大姐却“希望组成一个只有高音的唱诗班”。“猫头鹰”达尼心想，留在那里一点儿意思都没有，所以，他迫切渴望被逐出唱诗班。再说，他也不喜欢唱高音。然而，第一天练唱结束了，辣椒大姐却没开口说要淘汰他。

隔天，他们又来到教堂，辣椒大姐还是没把他剔除。情况变得很难堪了。事到如今，留在唱诗班根本就是耻辱。这跟一个人的男子气概备受质疑几乎没两样了，而“猫头鹰”达尼最耿耿于怀的就是男子气概，所以一心一意想脱离唱诗班。偏偏天不从人愿，即使唱诗班里仅剩六个男生，“猫头鹰”达尼依旧是其中一员。简直糟透了。到第四天，辣椒大姐心满意足地宣布:

“唱诗班的选拔培训已经完成了！能够留下来的都是纯洁的歌声。”十五个女孩，加上六个男生。“我希望……”她转过头去面对六个男生，“从现在开始到圣母日那天，你们其中任何一个人千万不能有变声的状况！”

男孩女孩们嘻笑回应，能够具备“纯洁的歌声”，他们与有荣焉。只有“猫头鹰”达尼暗自无奈地气恼不已。但是，辣椒大姐这会儿又在敲着簧风琴盖，要求教堂祭司狄力诺听候指令，接着，二十张小嘴用纯洁歌声唱出的圣母祈祷飘荡在整座教堂里：

神圣——女牧——人
我——要——追随——你
从——山谷——到——小丘
追——循你——的足——迹

“猫头鹰”达尼早有预感那天下午在门口发生的事。被唱诗班淘汰的男孩们，由“鸟头仔”领军，一群人在教堂前廊等着，一见他们出来，立刻将六个“歌声纯洁”的男生团团围住，不断对他们怒吼：

“臭婆娘！娘娘腔！臭婆娘！娘娘腔！臭婆娘！娘娘腔……”

辣椒大姐出面制止，可惜无济于事，教堂祭司狄力诺年老力虚，身体也僵硬得不听使唤。就连“猫头鹰”达尼望着好友“鸟头仔”的哀求眼神也不管用。到了这个地步，“鸟头仔”甚至连维持友谊最基本的规则都忘得一干二净。这群侵略者因为在圣母日当天无法和唱诗班一起演唱而恼羞成怒。但在此时此刻，这已经无所谓了。最重要的是，“猫头鹰”达尼的男子气概遭受质疑，而且，他必须赶紧脱离那个泥淖才行。

那天晚上就寝时，他脑中突然兴起一个念头。为什么不干脆放空嗓子去唱《神圣女牧人》呢？这么一来，辣椒大姐就会把他逐出唱诗班了，就像“鸟头仔”罗贵和“小癞子”黑曼一样。仔细一想，他最介意的还是“小癞子”被淘汰这件事。不管怎么样，“鸟头仔”罗贵什么都比他强。但是，黑曼可就不一样了。面对一个嗓音比他更浑厚的男生，他要如何维持领先的优越地位呢？他打定了主意，非得用假嗓唱歌不可，而且势必赶在圣母日前被逐出唱诗班才行。

隔天，练唱即将开始，“猫头鹰”达尼猛清嗓子，试图找出足以发生作用的假音。辣椒大姐的指挥棒敲了敲簧风琴，接着，诗歌旋律扬起：

神圣——女牧——人

我——要——追随——你……

辣椒大姐突然喊停。她那长得出奇的鼻子皱在一起，仿佛闻到了什么臭味似的。接着，眉头也跟着紧蹙，感觉就像发生了让她不尽满意的状况，而她却找不出问题所在。不过，再试了一遍之后，她将指挥棒指向“猫头鹰”达尼，并且面露不悦：

“搞什么鬼啊！达尼，你再不认真唱歌，我就赏你一巴掌！”

还是东窗事发了。他的脑子里只有一个念头，这下其他人恐怕会以为他急着要变成大人，所以故意用假嗓唱歌。但是他，要当个大男人，并不需要依靠伪装。这种事情，只要时机成熟就会表现出来的。

教堂门口，“鸟头仔”罗贵带头的那一群“歌声不纯洁”的男生们，再度围住他们，嘴里反复咒骂着：

“臭婆娘！娘娘腔！臭婆娘！娘娘腔！臭婆娘！娘娘腔！”

“猫头鹰”达尼有一股想哭的冲动。然而，他努力忍住了，因为他知道，若在这群情绪激愤的“歌声不纯洁”分子面前痛哭流涕，他那备受质疑的男子气概恐怕会完全灭绝。

圣母日终于到了。那天早上醒来后，“猫头鹰”达尼心想，十岁这个年纪拥有高亮的嗓音，其实也没什么好沮丧的，而且距离变声期大概还要等上好一段时间。实在没有理由因此觉得忧伤和丢脸。朝阳从卧房窗户洒入室内，远方的兰多峰看起来比平日更高耸、更壮丽。耳边传来此起彼落的爆竹声，以及正朝着斜坡下前进的乐队旋律。远处传来断断续续的钟声，侯爵安东尼奥先生捐赠的这口钟，正在召集一场重大弥撒。床尾摆着他的新西装，不久前才烫好的，还有一件白衬衫，费了工夫认真洗过的，依旧散发着假蓝靛和肥皂的味道。才不呢！生命没什么好悲伤的。此时此刻，胳膊肘撑着窗台，他可以证实，此事不假。没什么好伤心的，即使半个钟头后他得和“歌声纯洁”的唱诗班一起高唱《神圣女牧人》。生命并不可悲，尽管“歌声不纯洁”那帮人等在门口咒骂他们臭婆娘和娘娘腔。

一片金色的烟尘，笼罩着山谷，那片绵延广阔的土地。草原散发着清新的气味，但静静感受，空气中仍可嗅出炎热的暑气。窗口下，院子里离屋子最近的苹果树上，一只乌鸫发出一连串颤音，并在枝叶之间跳上跃下。现在，乐队已经过了马路，正朝着秋罗河和“独臂佬”吉诺住家前进，一群小孩跟在乐队后头，一路叫闹，并不时翻筋斗。“猫头鹰”达尼偷偷躲了起来，因为跟着乐队的那群小孩，几乎都是“歌声不纯洁”那一群人。

他立刻梳洗更衣，随即就出门去望弥撒了。祭坛上的大蜡烛火花颤动，女人们个个穿上鲜艳醒目的衣装。“猫头鹰”达尼上楼到唱诗班专区，接着，他从那里定定望着圣母的双眼。何希神父常说，画像里的圣母总是凝视着好孩子。或许是摇晃的烛光所致，不过，“猫头鹰”达尼倒觉得圣母那天早上确实把目光转向了他，并且一直望着他。接着，他的嘴形勾勒出笑容。他不禁打了个寒战，于是，他默默向圣母祈愿，他乐意献唱《神圣女牧人》，希望“歌声不纯洁”那批人别再取笑他，也别再随便扣他帽子了。

宣读了《福音书》之后，大圣人何希神父走上布道坛，开始讲道。男人聚集的座位区传出一声刻意拉长的清咳声，接着，“猫头鹰”达尼不自觉地开始计算何希神父说出“事实上”的次数。虽然他根本就没参与单双数赌局。不过，何希神父那天早上说得太精采了，“猫头鹰”听着就忘了计算次数了。

“孩子们，事实上，我们大家的生命中都有一条指定好的道路。我们应该一直走我们该走的路，不能偏离到其他岔路……你们有些人会想，这是多么容易的事啊！但是，事实上，不是这样的。有时候，上帝指引我们的道路又崎岖又艰难。事实上，那并不表示那条路不是我们该走的路。上帝说：‘你们拿起十字架，然后跟我来吧！’

“有一件事，我可以向你们保证。上帝指引的道路，不是让年轻男女傍晚躲在树丛里。事实上，也不是叫人周末窝在小酒馆里；也不是假日去挖马铃薯或收割玉米。事实上，上帝本身创造的是六个工作日，第七天是休息日。

上帝终究是上帝。因为是上帝，事实上，他根本不会累啊！然而，他还是休息的。他休息是为了教导我们，礼拜天就是应该要休息的。”

何希神父那天的讲道，无疑是受到圣母的启发，而且，演说非常流畅，丝毫不见过于激动的场面。他从每个人的人生之路谈起，接着话题一转，他提及，有时候野心和欲望会让人偏离上帝之路，因而带来不幸。他说的都是一些达尼觉得复杂又难懂的事情。诸如，一个每天不知三餐有无着落的乞丐，可能会比一个身居大理石豪宅、仆从如林的富翁幸福。

他说：“有些人啊……因为野心勃勃，反而错失了上帝指引的简单道路带来的幸福。而幸福呢……”他提出结论，“事实上，并不在于最高贵、最伟大、最美味、最杰出；幸福就在上帝指引我们的每一步当中。虽然，它可能是如此微不足道。”

何希神父结束讲道之后，“猫头鹰”达尼的目光追随着他渺小的身形，直到祭坛。他多么希望眼里看到的都是他的身影，他也相信，不久的将来，这座教堂的壁龛必定有一席是属于他的。但是，不会是他现在这个样子，而是做成木雕，或是精致描画的石膏像。

教堂祭司狄力诺的簧风琴响起时，几乎让他吓了一跳。辣椒大姐站在他们面前，手里拿着指挥棒。“纯洁的歌声”们忙不迭地清了清嗓子。辣椒大姐的指挥棒敲了敲簧风琴，于是狄力诺弹起《神圣女牧人》前奏。接着，纯净的嗓音响起，由辣椒大姐的指挥棒精准掌控着节奏：

神圣——女牧——人
我——要——追随——你
从——山谷——到——小丘
追——循你——的足——迹

你——的羊——群无——依无——靠
正——在呻——吟哀——求——你
圣——母——啊请——听——听
他——们热——切——的呼——喊

神圣——女牧——人
我——要——追随——你
从——山谷——到——小丘
追——循你——的足——迹

弥撒结束时，辣椒大姐向他们道贺，并赠送了棒棒糖给每一个人。“猫头鹰”达尼偷偷把它塞进口袋里，好像这是非常丢人现眼的事情。

到了教堂门廊，两个满怀嫉妒的男孩趁他经过时取笑他："臭婆娘！娘娘腔！"然而，"猫头鹰"达尼完全不理会他们。确实，没有"鸟头仔"在背后罩他的时候，他总觉得自己软弱无助。到了教堂大门口，人们正聚集谈论着何希神父的讲道内容。就在人群左边不远处，"猫头鹰"达尼瞥见了蜜嘉。她端着一张笑脸迎接他。

"你们唱得非常、非常好呢！"说完之后，她随即在他额头上吻了一下。

十岁的"猫头鹰"羞得直想踮着脚偷偷溜走。但这根本就是白费工夫。她都已经吻了他了。这时候的蜜嘉又是满面笑容，但并不是对着他笑。有个年轻人缓缓向她走近，身材瘦削，一身黑衣。他们俩手牵手，彼此互看的那副模样，"猫头鹰"看了很不是滋味。

"你觉得呢？"她问。

"很精采；精采极了！"他应道。

此时，"猫头鹰"达尼因为一股无以名状的预感而惆怅了起来，他离开了他们之后，发现所有人不是互碰手肘，就是轻拍示意，要不就是以眼角余光偷偷去看，并且轻声说道："你看，那是蜜嘉的男朋友呢！""喂，看到没？那是蜜嘉的男朋友哪！""哇！蜜嘉的男朋友来了。""蜜嘉的男朋友长得真帅！""蜜嘉的男朋友真不赖！"所有目光都集中在那位一身黑色衣装的清瘦青年身上，他那双手，始终握着蜜嘉的玉手。

“猫头鹰”达尼总算明白，他这一天的确有足够的理由悲伤，虽然蔚蓝晴空中有艳阳高照，树丛里有悦耳鸟鸣，还有处处可闻的乳牛颈铃幽幽的节奏，以及圣母对他的凝视与微笑。他有悲伤、绝望、想死的理由，而且，他觉得自己体内似乎有个部分强力撕裂着。

那天下午，他去参加了朝圣游行。“鸟头仔”罗贵和“小癞子”黑曼陪他同行。“猫头鹰”达尼依旧闷闷不乐，心情相当低落；他觉得自己需要好好放松。大草原上飘来阵阵炸油条香味，还有人声鼎沸的热闹；随处尽是充盈满溢且活力十足的喜悦。草原正中央是爬杆取物游戏，杆子比往年高了十米。他们驻足杆子前，眼看着两个年轻人尝试失败，只爬了几米就上不去了。有个醉汉指着杆子说道：

“杆子上面有五块杜罗哩！有办法爬上去的人，快去把钱拿下来请我吃饭。”

语毕，他咯咯笑个不停。“猫头鹰”达尼盯着“鸟头仔”罗贵。

“我要去爬。”他说。

罗贵泼他冷水：

“你又不是大人。”

“小癞子”黑曼一副格外小心翼翼的模样：

“你不要去啦！会摔死人的。”

催促着他的是他内心的绝望，而且，他怀有一股说不上来的冲动，一心想与黑衣青年以及“歌声不纯洁”那群男生一较高下。他纵身跃上杆子，然后往上爬，前面的几米，爬来毫不费力。“猫头鹰”达尼脑子里仿佛有一把熊熊烈火燃烧着，那是受创的自尊、苏醒的虚荣以及恼火和绝望的混合体。“加油！”他告诉自己。“没有人能够做你现在所做的事情。”“没有人能够做你现在所做的事情。”他继续往上攀爬，只是，大腿已经开始产生灼痛感。“我要往上爬，因为我不在乎摔下去。”“我要往上爬，因为我不在乎摔下去。”他重复说着，在即将爬到中途之际，他往下一看，见到的是大草原上的人群全都暂停了活动，他感觉一阵晕眩，赶紧用力抓紧杆子。尽管如此，他还是继续攀爬。肌肉开始不听使唤了，但他还是继续爬。在地上的人群眼里，他已经像个小蟑螂一样了。杆子开始像风中的树木一样摇晃了起来。但他丝毫不觉得惧怕。他喜欢离天空近一些，这样就可以跟兰多峰平起平坐了。手臂和双腿都已经软弱无力了。他的脚下传来一声呐喊，于是他往下一看。

“达尼！儿子啊！”

原来是他母亲，正在苦苦哀求他。在她身旁的是蜜嘉，一副焦急的模样。至于“乌头仔”罗贵，已变得渺小，而“小癞子”黑曼，这下又成了他的手下败将了，还有“歌声纯洁”那群人以及“歌声不纯洁”那批人，还有辣椒大姐，以及何希神父、铁匠巴哥、侯爵安东尼奥先生，还有整座村子，石板瓦屋顶在阳光下仍显暗沉。他觉得自己似乎陶醉其中了；驾驭和权力组成的疯狂野心则是驱策的动力。他继续往上攀爬，脚下传来的斥责，他充耳不闻。高处的杆子更细了，承载了他的体重之后，让他像个醉汉似的摇来晃去。他疯狂地紧抱着杆子不放，总觉得自己就像石弩射出的发射物，仿佛就快要撞山了。他再往上爬了一点。“拉丁美洲暴发户传声筒”慨捐的五杜罗几乎就要到手了。然而，他的大腿有强烈灼痛感，皮肤已经磨破了，而且手臂几乎已经使不上力。“你看，那是蜜嘉的男朋友呢！”“喂，看到没？那是蜜嘉的男朋友哪！”他这样告诉自己，满怀愤怒，接着又往上攀爬了几厘米。就只差那么一点儿了！地面上，一片屏息以待的静默。“臭婆娘！娘娘腔！”他喃喃自语，然后往上又爬了一点儿。他已经抵达杆顶。但是，杆子也摇晃得更厉害了。他不敢松手去拿奖金。于是，他的嘴巴凑了过去，用力咬住那只信封。地面上连个掌声都没有，也没人开口说话。乡亲们忐忑不定，就怕发生不测。“猫头鹰”达尼开始往下移动了。到了杆子刚过半时，他已经疲惫不堪，于是，他松开四肢的力道，快速滑下涂了蜡的杆子。这时，他觉得双腿灼烫得像着了火似的，大腿则不断地淌着鲜血。

霎时，就在坚稳的土地上，周遭响起如雷的欢呼声，大伙儿在他背上又是拍又是打，还有他母亲的亲吻和眼泪，全都混在一块儿了。他看见黑衣青年挽着蜜嘉的手臂，青年面带微笑对他说道："你很棒呢！小朋友。"他看见"歌声不纯洁"那群人垂头丧气地走开了。他看见他父亲一脸大惊小怪，忙不迭地数落他，说了一大串他无法了解的抽象话语。最后，他看见乌嘉朝着他狂奔而来，紧紧抱住他伤痕累累的大腿，眼泪夺眶而出，仿佛挡不住的洪流……

回到家里之后，"猫头鹰"达尼对这一天又有了不同的感受，他认为自己根本就没有理由悲伤。无论如何，这是灿烂美好的一天，山谷美不胜收，而且，蜜嘉的男朋友还面带微笑地夸了他："你很棒呢！小朋友。"

18

就像其他许多女人一样，没有男人追求和宠爱的辣椒大姐，压根儿就瞧不起爱情。辣椒大姐经常自嘲，她此生唯一的爱必定是源于爱说教的热情。如果没有孜孜不倦地在周日傍晚跑遍山林，她就无法解救村子里年轻人的灵魂，如果没去解救这些年轻人，“独臂佬”吉诺也不会有机会为她伸张正义，倘若没有这个机会，辣椒大姐干枯已久、压抑多时的紧闭芳心也不会有所感动。那是她的初恋，也是唯一的爱，一连串的巧合和偶然，只要想起这些，她就会不知所措。上帝的安排真是奇妙无比啊！

辣椒大姐和“独臂佬”吉诺交往一事，过了好一阵子才在村子里传开。而且，他们的感情进展出奇缓慢。说穿了，这可是决定性的一步。早在那群青年攻击事件之前，“独臂佬”吉诺已经考虑过她。辣椒大姐已经不年轻了，他自己也一样。不过，辣椒大姐瘦削清癯，并且拥有自己的事业，颇有生意头脑。这恰好是他所缺乏的。最近，吉诺被债务压得快喘不过气来了。仔细想想，真正属于他的财产，大概只剩院子里的杂草。此外，辣椒大姐身材清瘦，肌肉倒是很结实。至少看起来是这样。当然啦，别说是他，任何人都没看过辣椒大姐的肌肉。反正，对他来说，辣椒大姐是再合适不过的对象了。

“独臂佬”吉诺在桥上挺身解救她时，并未抱持任何私心。他会这么做，只因为他是个男子汉大丈夫，并且厌恶暴力，尤其是对女人施暴。事情后来混乱勾缠，是因为辣椒大姐眼巴巴地盯着他，然后又热切地亲吻了他的残臂，那个吻，让他的手臂感觉了触电般的颤抖，并且让他深受感动？大概是吧！一条链子，环环相扣。这些必需的要件，促成了无可避免的结局。这是老天的主张。

那次的残臂之吻也让“独臂佬”吉诺惊觉，原来自己的身体仍是生气勃勃，依旧有男性的雄风。他的性欲并未消失；他仍然是个男人。接着，他思考了付诸行动之后可能会有的几种结果。于是，他兴起了每天早上送一朵花给辣椒大姐的念头，趁着村子里的乡亲尚未起床前，偷偷把花放在店门下面。

“独臂佬”吉诺清楚得很，这一次，他得小心投石问路才行。村子里的人都讨厌辣椒大姐，而辣椒大姐又是个严厉拘谨的人，辣椒小妹则是个感情受创的小野猫。因此，他的步步行动都得小心、隐密并且谨慎才行。

他每天送上不同的鲜花，花朵如果太大，他就摘下花瓣塞进门缝里。“独臂佬”吉诺不敢大意，他知道，不经意送出的花朵，终究如风飘散，但用心安排的花朵，却比满地金矿更有价值。他也知道，只要勤奋和恒心，铁杵也能磨成针。

整整一个月，一切数不尽的柔情爱意，全都涌入大圣人何希神父的耳朵里。

“何希先生，倒在男人怀里的欲望是不是原罪？”

“那得看你动机何在了。”神父说道。

“没有任何动机，何先生，纯粹只想倒在他怀里而已。”

“我说，孩子，你都这把年纪了还这样啊？”

“有什么办法呢！神父先生。谁都不晓得什么时候会碰到这种状况。爱情和死亡，说不准的。如果倒在男人怀里算是罪过，那么，我老实告诉您，何神父，我宁可负罪过日子。再说，我的状况已经没有退路。除此之外，我心中已经没有别的欲望，虽然您一定会告诉我，这是世间最严重的罪过。这个欲望已经凌驾在我之上了。”

语毕，她忍不住啜泣。

何希神父的头规律地从一边摇到另一边，就跟钟摆一样。

“是吉诺，对不对？”他问。

辣椒大姐满脸通红。

“是的，就是他，何希先生。”

“他是个好人啊！孩子；可是，他是个残障呢！”神父说道。

“没关系，神父。事情总会有解决的办法。”

“你妹妹怎么说？”

“她还不知道这件事呢！不过，她也没什么资格说我就是了。就算她能给我建议，大概也派不上用场。”

辣椒小妹依莲娜终于知道了。

“实在叫人无法相信啊！鲁拉，你是不是疯啦？”她说。

“你为什么这样说？”

“你真的不知道吗？”

“不知道。但是你也不能否认，这个家需要一个男人。”

“当初我跟狄马士交往的时候，我们家怎么就不需要男人啦？”

“这都是命，小妹。”

“现在，晕头转向的人变成你了；根本就没什么分别。”

“吉诺是个有羞耻心的人。”

“狄马士当初看起来也是这样的。”

“他要的是你的钱。狄马士看上的是那五千元。你自己说的。”

“你以为吉诺看上的是你的人吗？”

辣椒大姐暴跳如雷：

“你有什么理由可以这样说？”

辣椒小妹屈服了：

“目前看来，当然是没有了。”

“再说，我也没像你那样偷偷摸摸的。我的恋爱是照着上帝的规范进行的。”

辣椒小妹的双眼顿时锐利了起来：

“看在我们死去爸妈的分上，你不要再跟我提这个了。”

村子里的人一直没发现这段恋情。直到有个周日下午，辣椒大姐和吉诺非得成双结对在村子里晃了一圈，大伙儿总算才知道这件事。出乎“独臂佬”吉诺意料之外的是，消息传开之后，阳台的天竺葵并未凋谢，畜栏里的牛群未曾躁动不安，大地没有崩裂，山林亦未塌陷。几乎不见讪笑，也没什么人指指点点。他万万没料到会这么平静。

两周之后，辣椒大姐又找上了神父。

“神父先生，渴望和男人亲嘴，很想被男人紧紧搂在怀里，就算身骨都散了也行……这样算不算罪过啊？”

“这是罪过。”

“但是，我实在忍不住要想啊！何希先生。我生命中的每一分钟都在犯罪。”

“你和吉诺应该结婚。”神父只说了这么一句话。

得知神父的指示之后，辣椒小妹依莲娜气得仰天怒吼：

“你比他大了十岁哎，鲁拉；你今年都五十岁啦！理智一点吧！看在上帝的分上，好好想清楚，赶快清醒吧！免得来不及了。”

辣椒大姐不久前才发现，山峦另一边，阳光普照，美不胜收，公路两旁的牧草悠悠低吟，还有八月晴空下滞留空中的苍鹰，她甚至发现了纯粹而简单的生活态度。现在，她已经无法就这样放弃自己的新发现。

“我已经决定了，小妹。大门是开着的，只要你愿意，随时都能离开。”她说。

辣椒小妹突然哭了起来，接着，她变得歇斯底里，最后因为发高烧才躺了下来。这样的情况延续了一个礼拜。周日当天，高烧退了。辣椒大姐蹑手蹑脚进了房间，然后兴高采烈地拉开窗帘。

“好啦！小妹，快起来啦！何希神父会在今天的弥撒宣布我的婚讯。今天这个日子，对你和对我来说，都是难忘的日子呢！”

辣椒小妹不发一语地起了床，梳洗打扮之后，和姐姐一起出门去聆听第一次正式婚讯。回到家之后，鲁拉说道：

“打起精神来呀！小妹，你可是我的伴娘呢！”

后来，辣椒小妹确实当了伴娘。但她全程一声都没吭。婚后数月，辣椒大姐觉得依莲娜的顺从和沉默不太对劲，于是就把黎开度医师找了过来。

“这孩子是惊吓过度。你不要胡思乱想。总之，并不是什么危险的状况，别让她看到任何暴力场面就好。”医师说明之后，帮她打了几针，然后就回去了。

辣椒大姐悲从中来，忍不住哭了。

然而，“猫头鹰”达尼对这件事却丝毫不觉得惊讶。他渐渐明白，生命中有许多事情，发生之前看似不太可能成真，成了事实之后，人才会觉悟事出有因，一点都不复杂，也没什么好惊讶的。一切都是那么理所当然，就像山头升起的朝阳，或像细雨，或像微风。

他持续关注辣椒大姐和“独臂佬”吉诺的恋情发展，主要是因为乌嘉。令人纳闷的是，当他得知这段恋情时，过去对小女孩的反感顿时消失殆尽。反之，一股淡淡的怜悯之情油然而生。

那天早上，他在河边碰见小丫头正忙着拨弄灌木丛。

“快来帮我啊！猫头鹰，这里藏了一只红翼鸫，好像飞不起来了。”

他费了一番工夫去抓那只鸟。终于把鸟抓出来了，但是这只小鸟，为了逃脱而奋力挣扎，不小心冲进河里，马上就溺毙了。这时候，乌嘉坐在河岸上，双脚泡在河水里。“猫头鹰”在她身旁坐了下来。两人都为小鸟的意外死亡而难过。后来，悲伤总算渐渐淡去。

“听说你爸爸要跟辣椒大姐结婚，是真的吗？”“猫头鹰”问道。

“大家都这样说啊！”

“谁说的？”

“大家啊！”

“那你怎么说？”

“无所谓啦！”

“你爸爸呢？他怎么说？”

“他说他结婚是为了要给我一个妈妈。”

“我才不要一个像辣椒大姐这样的妈妈哩！”“猫头鹰”说。

“爸爸说，她会对我很好，而且会帮我梳头绑辫子。”

“猫头鹰”还是有话说：

“那你呢？你怎么说？”

“无所谓啊！”

“猫头鹰”达尼隐约感受到小女孩难以言喻的痛苦，还有她那守口如瓶的高度情操，始终坚定地保持着。

突然，小女孩开口问他：

“听说你要去城里啦？是真的吗？”

“嗯！三个月之后。到时候，我就满十一岁了。我爸爸要我继续升学。”

“那你呢？你怎么说？”

“无所谓。”

说完之后，“猫头鹰”达尼发觉两人角色已经互换；如今，回答无所谓的人变成是他。他知道，他和乌嘉之间，顿时产生了境遇相同的诡异亲近感。而且，跟这小女孩聊天也算愉快，两人处境相似，都在未获征询的情况下，必须接受父母的安排。他也发现，就这样随便聊聊，其实也很好，让他没有心思去想起蜜嘉。尤其是进城去升学这件事，再一次让他觉得艰难无比，而且难以忍受。当他学成返乡时，蜜嘉的美丽肌肤一定消失无踪了，反之，旁边大概围绕着不少小萝卜头了吧！

现在，他和乌嘉比较常见面，而且不像以往那样总是急着躲她。

“乌嘉-乌嘉，婚礼是什么时候啊？”

“据说是七月。”

“那你呢？你怎么说？”

“无所谓啊！”

“那她呢？她怎么说？”

“她说，等她变成我妈妈以后，她会带我去城里把雀斑弄掉。”

“那你呢？你想去吗？”

乌嘉神态慌张，眉眼低垂：

“当然想啊！”

婚礼当天，始终不见玛里乌嘉的踪影。到了傍晚，“独臂佬”吉诺已经把辣椒大姐和所有事情抛诸脑后，他说，无论付出什么代价，一定要把女儿找到。“猫头鹰”达尼着迷似的观察着周遭的各项准备工作。村子里男人们拿着木棒、油灯和手电筒，脚上穿着厚重的钉靴，走在公路上，步步都是刺耳的噪声。

“猫头鹰”达尼眼看着时间慢慢过去，却不见任何人从山区回来，这时候，他的焦虑感日益高升。他母亲在一旁哭哭啼啼，嘴里不断叨念着：“可怜的丫头啊！”由此看来，她并不赞成给乌嘉找个后妈。后来，“猪妈”赖菲丽，也就是托运员古哥的老婆经过乳酪店门口时，随口提到小女孩可能已经被大野狼吃掉了，达尼听了之后，只想拼命呐喊。也就在这一刻，他坦诚地告诉自己，如果乌嘉把雀斑弄掉了，她就不可爱了，而他并不希望乌嘉除掉雀斑，也不希望她被大野狼吃掉。凌晨两点，那批人带着木棒、油灯和手电筒回来了，玛里乌嘉则在人群当中，脸色极为苍白，而且披头散发。大伙儿急忙赶往“独臂佬”吉诺的家，就是想看着小女孩回家，看着她被亲吻、被紧紧搂在怀里，然后大家好好庆祝这孩子平安归来。然而，辣椒大姐却抢在所有人之前，先用两个耳光迎接了乌嘉，两边脸颊各挨了一个。“独臂佬”吉诺用力吞下已到嘴边的咒骂，但他仍大声叫了辣椒大姐，并且告诉她，他不喜欢人家打他女儿，没想到鲁拉小姐竟气急败坏地回答他：“从今天早上开始，我就是她的母亲了，所以，我有责任要好好教育她！”这时候，“独臂佬”吉诺坐在小酒馆的长椅上，头部伏靠着瘫在桌上的手臂，仿佛在哭泣，或者，仿佛刚刚经历了此生一大不幸。

19

“小癞子”黑曼竖起手指，头部稍微摇晃了几下，好让自己听得更清楚一些，接着，他说道：

“在荆棘篱笆上唱歌的是松鸦。”

“猫头鹰”接腔：

“才不是哩！那是红雀。”

“小癞子”黑曼向他解释，松鸦的鸣叫格外特殊，因为它们擅长模仿各种鸟类。它们模仿鸣叫声是为了把其他鸟类吸引过来，然后把它们吃掉。松鸭是很不讨人喜欢的鸟类，非常虚伪，个性邪恶。

"猫头鹰"坚持己见:

"不对!那是红雀。"

那天早上,他就是喜欢唱反调。他知道自己具有强大的反对力量,虽然他的坚持毫无凭据。他是为了反对而反对,并由此获得病态且阴暗的满足感。

"鸟头仔"罗贵突然起身说道:

"你们看!那是河水小丑呢!"

他指着水塘右侧三米外,那是秋罗河流入水塘处。村子里的人把滚滚洪流称作小丑。他们也说不上来为什么,但就是从未想过要探究山谷特有辞汇形成的原因。他们反正是照单全收,由此得知那不断吞噬河岸的洪流就叫作河水小丑。小丑卷走了一条正要横越河口的小鱼。他们三人站了起来,然后堆起了石头。

"小癞子"黑曼提醒他们:

"不要让它往上游。河水小丑在湾道会形成圆圈,而且转动的速度比野兽奔跑更快速。不只如此,它们也有攻击性。"

"鸟头仔"罗贵和"猫头鹰"达尼惊恐地望着那条小鱼。为了趋近阻挡那条小鱼,"小癞子"黑曼手上拿着粗石块,在岩石上跳来跳去。或许是脚步踩空,或许覆盖岩石上的淤泥滑了脚,或许他的跛脚没踩稳。发生的状况是,"小癞子"黑曼砰的一声跌落岩石上,头部受到撞击,然后滑入水里，就像一具死尸一样，被冲进水塘里。“鸟头仔”和“猫头鹰”毫不犹豫地跟着跳进水里。他们拼命划水，总算才把好友拖到岸边。“小癞子”颈背有个相当大的伤口，而且已经失去意识。罗贵和达尼吓得惊惶失措。“鸟头仔”把昏迷的“小癞子”扛上肩，背着他走到公路上。到了吉诺家，辣椒大姐在他头上铺了几片酒精棉布。不久后，面包师傅艾德班来了，随即用小双轮篷车将他运回村子里。惊见儿子变成这样，傻女丽达忍不住号啕大哭，哀叹连连。情况一度混沌不明。五分钟之后，大批乡亲挤在鞋匠家门口。黎开度医师几乎挤不进门，更别说他都已经急得不可开交。当黎医师出来时，所有眼睛紧盯着他看，大家都在等他开口：

“颅骨下方破裂了，情况非常危急。必须从城里叫救护车才行。”

顿时，“猫头鹰”达尼眼中的山谷骤变成灰暗且阴郁。白昼的光线显得如此惨白。屋外刮起了比铁匠巴哥更强悍的风。不信上帝的“大肚佬”说那阵阵强风就是命运，但是辣椒大姐却认为那是上帝的力量。两人说了半天始终没有共识，所以达尼干脆趁机溜走，进了伤者的卧房。“小癞子”黑曼脸色相当苍白，紧抿的双唇露出温和安祥的微笑。

“小癞子”在生死交关的战场上奋战了八个钟头。城里的救护车来了，随车前来的是“小癞子”在公交车公司任职的哥哥多玛士。他哥哥疯了似的冲进家里，就在走道上碰见了傻女丽达，一脸惊恐的她刚走出黑曼房间。母子俩紧紧相拥，几乎就像触了电似的。傻女丽达宣布的消息，仿佛就像一团烈火。

“多玛士，你来迟了。你弟弟刚刚过世了。”她说。

多玛士的眼泪急涌而出，并且咬牙切齿地咒骂着，仿佛在抗议上帝的无能。聚集在大门口的女人，或隐隐啜泣，或号啕大哭，“不可貌相”的阿雷也从房间走了出来，整个背都驼了，仿佛他想窥视的是全世界最迷你的侏儒的小腿肚。“猫头鹰”达尼很想放声大哭，但他一滴泪都不敢流，因为一旁的“鸟头仔”罗贵专制严厉地紧盯着他的反应。不过，让他颇感诧异的是，此时此刻，怎么大家都喜欢“小癞子”了？此起彼落的啜泣和痛哭意味着，“小癞子”黑曼是村子里所有女人疼爱的孩子。不过，这种同情的表现，对“猫头鹰”达尼而言，也是一种慰藉。

当大伙儿正忙着帮死者料理后事时，“鸟头仔”和“猫头鹰”转往铁匠的锻炉。“爸爸，小癞子过世了。”即使高大健壮如铁匠巴哥，还是得找个地方坐下来，因为这个噩耗让他惊愕不已。接着，他总算开口说了话，仿佛力图振作似的：

“男人还要继续成长；巍峨高山已难移动。”

"鸟头仔"问道：

"什么意思啊？爸爸……"

"意思就是叫你们喝酒啦！"铁匠巴哥近乎愤怒地说道，并且把酒瓶递给他。

那天下午，山峦呈现幽暗与哀伤的样貌，草原、村子里的巷弄与房舍，以及各种鸟类发出的啭鸣，莫不同悲。这时候，铁匠巴哥说，他们俩应该在城里订个花圈纪念逝去的好友，于是，他们前往野兔姐妹家，然后打电话订购。卡米拉也难过得哭了，即使拨打的长途电话通话时间很长，她还是坚持不向他们收费。接着，他们回到了"小癞子"黑曼家。傻女丽达一把勾住"猫头鹰"的脖子抱住他，顺口说原谅她，还说抱着他就像抱着自己的儿子，因为他是儿子最要好的朋友。但"猫头鹰"听了却更难过，他心想，四个礼拜之后，他就要进城去念书了，而丽达才不像大家说得那样傻乎乎的，到时候，她身边不但少了"小癞子"，连补偿母爱的对象都没有了。鞋匠也过来拍了拍他的肩膀，并且告诉他，他很感谢他们，因为他们把他儿子从河里救上岸，可惜死神坚持要将他带走，就算万般不愿意，但碰到顽固的死神，谁也没辙。

婆婆妈妈们依旧在遗体旁哀号悲泣，偶尔，有人一时冲动，甚至去亲吻揉捏"小癞子"脆弱冰冷的身体，然后，泪水更泛滥，哭声更凄厉。

黑曼的兄姊们帮他在头颅上绑了一条毛巾，借此遮掩他的秃头，但看在“猫头鹰”达尼眼里，只觉得遗憾，因为那副打扮，只会让他的好友看起来像个摩尔人，一个小小异教徒。“猫头鹰”希望何希神父也会有同样的感觉，并要求他们把毛巾拿掉。然而，何神父来了，他拥抱了鞋匠，并对“小癞子”施以涂油礼，却完全没理会那条毛巾。

大人们绝少体会到孩子们艰涩而敏锐的痛苦经验。就拿他自己的父亲来说，意外事件发生之后，乳酪师傅一看见他，不但没有安慰他，反而对他说：

“达尼，你看到没有？调皮捣蛋就是这种下场。鞋匠儿子的遭遇，也有可能会发生在你身上的。我希望这件事情能让你记取教训。”

“猫头鹰”达尼不想开口回应，因为他有预感，最后恐怕会以流泪收场。他父亲根本不愿意去了解，事件突然发生，非关调皮捣蛋，纯粹只是想征服河水小丑罢了。同样的，他们带着“大公爵”出去猎捕苍鹰那天清晨，父亲也没发觉他脸颊上的霰弹擦伤，万一有个闪失，子弹穿过太阳穴，他可是会一命呜呼的。大人们总是把不幸事件归咎于小孩子粗心大意，却忘了这种事情多半是上帝的旨意，而且大人们自己常常也是粗心大意的。

“猫头鹰”达尼整夜没睡，一直陪在死者旁边。他深感内心澎湃汹涌，总觉得未来的日子再也不可能像过去那样了。他曾经想过，当他进城升学之后，“鸟头仔”罗贵和“小癞子”黑曼一定会很孤独，而到头来，孤独的人其实是他自己，非常孤独的人，是他，只有他。霎时，他的内心似乎有样东西凋萎了：或许是童年永续存在的信念吧！他早有体会，所有人终究会死去，无论是老人或幼童。他未曾停止思考这个问题，如今再想起，涌上一股刺痛和焦虑的感觉，几乎让他喘不过气。这样的生活方式堪称清明，但同时也格外凄凉和悲痛。活着就是一天天迈向死亡，慢慢地接近，毫无通融的余地。长远来看，所有人最终都会死去：他和何希神父，还有他那当乳酪师傅的父亲、他母亲、辣椒姊妹、吉诺、野兔姐妹、“大胃王”阿东、蜜嘉、玛里乌嘉、侯爵安东尼奥，甚至铁匠巴哥。人人拥有的都是短暂且过渡的一生，百年之后，村子的碎石路上不会留下他们的足迹。亦如此时此刻，丝毫不见百年前祖先留下的痕迹。生命的变化是以非常缓慢细微的方式产生的。所有人，所有现在忙着建立保护壳的人，终究会在世间消失，而尘世却依然故我。死亡总是来去匆匆，神秘莫测，并且恐怖骇人。

拂晓时分，“猫头鹰”达尼结束守灵，回家去吃早餐。他一点都不饿，不过，在情绪即将遭受冲击之前，肚子里先填点东西总是好的。这时候的村子一片静谧，甚至过于静止，仿佛整座村子都被死神可怕的冷酷吓得颓丧而僵直。树木看起来也麻木了。公鸡的啼叫听起来像在哭丧，仿佛是偷偷地啼叫，或许是不敢破坏笼罩整座山谷的哀伤和沉静氛围。铅灰色的天空下，巍峨的山峦也显得黯淡了。就连在大草原上吃草的牛群，也比平日显得更懒散、更昏沉。

“猫头鹰”达尼刚吃过早餐就回到村子里。当他从药剂师家的围墙前经过时，突然瞥见一只鸫鸟在公路旁的一棵野生樱桃树上跳来跳去。这让他又想起了永远失去的好友“小癞子”。他从口袋里拿出弹弓，在羊皮块上放了小石块，接着小心翼翼地瞄准小鸟，用力拉开橡皮筋。小石块击中鸫鸟胸部，立即发出骨折的清脆声响。“猫头鹰”连忙跑了过去，颤抖着双手捡起被击落的小鸟。接下来的路程，他一直把那只鸫鸟放在口袋里。

当他抵达时，“小癞子”黑曼已经躺在一个盒子里。那是个白色的盒子，外面还上了漆，鞋匠特别从城里的葬仪社订购的。他们订购的花圈也送来了，上面还有“鸟头仔”吩咐的挽联：“小癞子，你的好友鸟头仔和猫头鹰永远不会忘记你。”傻女丽达再次将他紧紧搂在怀里，并轻声告诉他，他真是个好孩子。不过，在巴士公司上班的哥哥多玛士一看到挽联却大发雷霆，接着，他把挽联的“小癞子”这部分剪掉，句子只剩下：“你的好友鸟头仔和猫头鹰永远不会忘记你。”

多玛士正在剪挽联，其他人则在一旁注视，这时候，“猫头鹰”达尼趁机把鸫鸟放进棺材里，就在好友遗体旁边。他认为，这位生前热爱鸟类的好友，一定会在另外一个世界感激他。不过，当多玛士再把挽联放回遗体脚边时，突然瞥见那只鸟，一只莫名其妙的死鸟，就躺在他弟弟身旁。他一看再看，总算确认自己看见的是一只鸫鸟，但即使确认了，他也不敢去碰它。因为迷信，多玛士迟迟不敢出手。

“怎么？是谁？为什么这里会出现这种东西？”他说道。

有了多玛士为了花圈而暴跳如雷的经验之后，“猫头鹰”达尼根本不敢承认是他的错。多玛士惊讶的神情立刻感染了现场所有的人，大伙儿纷纷走过来看鸟。然而，没有人胆敢伸手去碰。

“为什么那里面会有鸫鸟？”

傻女丽达在每位乡亲脸上找寻合理的解释。但是，每张脸显现的惊愕神情如出一辙。

“猫头鹰，你知不知道？”

“我什么都不知道啊！我来之前也没看到什么鸫鸟，多玛士说了我才知道的。”

这时候，“不可貌相”的阿雷进来了。一见到那只鸟，他就红了眼眶，然后开始默默流泪。

“他一向热爱鸟类；鸟儿也来陪他一起死了。”他说。

他这一哭，又把大家惹得泪涟涟，而最初的惊讶，随即转变成灵异介入的共识。带头的是“不可貌相”的阿雷，他以颤抖的声音说道：

“这……这是个奇迹啊！”

在场的人期盼的无非是有人能够大声表达心中的想法，好让大家趁机宣泄一番。鞋匠一说完，随之而起的是异口同声、伤心欲绝的呐喊，其中参杂着哀叹与啜泣。

“奇迹啊！”

好几个饱受惊吓的女人，急着跑出去找何希神父。其他女人则回去通知丈夫和家人，要他们来一起见证奇迹。一场混乱且失控的骚动于焉形成。

“猫头鹰”达尼在房间角落猛吞口水。即使“小癞子”已经过世了，飘浮在空中的邪恶鬼魅依然纠缠着好人和善事。“猫头鹰”暗想，事情到了这个地步，还是守紧口风最要紧。否则，以多玛士目前的激动程度，很有可能会把他宰了。

何希神父急急忙忙走了进来。

“您看！您快看啊！何神父……”鞋匠说道。

何希神父半信半疑地走到死者身边，看见“小癞子”僵硬的手旁边躺着一只鸫鸟。

“这到底是不是奇迹啊？”看到神父那张惊愕的脸，丽达激昂莫名。

周遭传出一连串交头接耳的低语。何希神父的头从这一侧转到另一侧，仔细观察着在场的每一张面孔。

他的目光在“猫头鹰”恐惧的小脸上停留了半晌。接着，他说道：

“这件事的确很不寻常。真的没有人把鸟放在这里吗？”

“没有！没有！”众声齐喊。

“猫头鹰”达尼眉目低垂。丽达又大声嚷嚷起来，间或夹带着歇斯底里的大笑，同时以挑衅的眼神盯着何希神父：

“怎么样？这到底是不是奇迹呢？神父先生？”

何神父试图平息大家越来越兴奋的情绪。

“这种事情，我实在不能妄下断语。事实上，孩子们，很有可能是，有人或许是开个小玩笑，或是基于好意，所以偷偷把鸫鸟放进棺木里，但因为怕你们大家生气，所以现在不敢出面承认。”这时候，他不经意地瞥了“猫头鹰”达尼一眼，锐利的目光宛若刀锋。“猫头鹰”吓坏了，随即转身一溜烟地跑到街上去。神父继续说道：“无论如何，我会把今天发生的事情呈报给主教。不过，我要再次重申，你们不要抱有任何幻想。事实上，有许多事情会有奇迹般的显现方式，但并不是奇迹，只是一种显现方式而已。”他突然停顿了一下。“下午五点，我会回来主持丧礼。”

到了大门口，大圣人何希神父碰见正在偷偷观望他的“猫头鹰”达尼。神父四下张望，眼看周围没有其他人在场，他对孩子露出笑容，并亲切地在他后脑勺轻拍了几下，轻声对他说道：

“你这样做很好啊！孩子；做得很好。”

接着，他让达尼吻了他的手，随即拄着拐杖，踩着缓慢的碎步离去。

20

教堂钟声传达的语言是丰富且多变的；它的声波振动能够发出深刻、低沉、轻快、尖锐和伤感的声调。钟声诉说的语言从未重复过。它从未以同样的方式诉说过同样的情境。

“猫头鹰”达尼一向习惯让钟声牵引他的心情。他知道，守护神节那天的钟声听起来充满奔放和喜悦，还有不太相称也令人不解的惊愕。于是，他的心情也因此充盈着喜悦与和谐。战乱期间，轰炸结束之后，钟声也是轻快愉悦的，但是隐含了些许谨慎、保留的余韵。一定要小心听清楚才行。有时候，钟声听起来微弱、模糊、阴沉且空洞，例如“小癞子”黑曼出殡那天，整座山谷就萦绕着微弱、模糊、阴沉且空洞的教堂钟声。冷漠的声波振动渗入了大地地层里、花木的树根里、大人的骨髓里以及孩童的内心。在严肃钟声感染之下，“猫头鹰”达尼的内心变得柔软，并且充满韧性，有如溶化的铅。

天空下着绵绵细雨，何神父身穿白袍披着圣带，紧跟在后的是鞋匠的四个儿子，肩上扛着棺木，里头躺着“小癞子”黑曼和鸫鸟。接下来是鞋匠和其他的家人，跟在后面的几乎是全村的男女老幼，个个一脸哀戚，耳闻缓慢悠扬的钟声，内心激动不已。“猫头鹰”达尼总觉得那天的钟声特别不一样。他突然兴起一个念头，自己就像古叶莱村的神父收集动物标本一样。也就是说，他跟那些小动物一样，钟声每响一次，他的心情就像利刃穿心。他想起“小癞子”黑曼，也想起他自己，以及人生际遇的新发展。让他难过不舍的是，生命中的各种事件轻易就成了回忆；他强烈感受到，过去的一切都不可能复制重现了。那是一种依赖和屈从的焦虑感。他不由得紧张起来，因为时钟不可能拨回从前了，他也必须认清事实，此后不会有人像“小癞子”那样精确详尽地向他解说松鸦、石鸡、翠鸟和黑水鸡。他必须适应，以后再也听不到“小癞子”黑曼的声音了；他也必须接受一个再普通不过的事实，那就是“小癞子”的骨骸会变成骨灰，旁边则是一堆鸫鸟的残骨；

蛆虫会同时在两具躯体里钻动，不会有前后顺序。

让他稍感振奋的是，偶尔可以把玩口袋里那个中间有个孔的小铜板。葬礼结束后，他可以到“大胃王”阿东店里买一颗方糖。当然啦，好友才刚下葬就吃糖大概不太合适。还是等到隔天再去吧！

他们沿着斜坡北侧往下走，朝着当地的小墓园前进。教堂下的钟声，更能撼动人心，也更能让人伤心。他们一行人拐过教堂转角之后，随即进入面积狭小的墓园。铁门恼火地发出令人昏昏欲睡的吱呀声。小小的墓园里几乎容不下那么多人。见到脚下那方小墓穴时，“猫头鹰”达尼的心跳停了一下。墓园边缘有一道围墙，墙边种了一排笔直平整的柏树，仿佛一列幽灵。除此之外，村子里这座墓园堪称平实可亲。没有大理石，没有雕像，没有气势逼人的家族墓地，没有壁龛，也没有镶嵌石材的坟墓。人死了就是一把黄土，终究回归土地，最后被村公所近乎任性地混淆在一起。好几座十字架的周围长满了茂盛的蕨类、荨麻、冬青树、薄荷，以及各种杂草。在这儿，日夜弥漫着田野的浓郁草香，最终能在此安息也是值得安慰了。

天色阴暗，乌云漫天。绵绵细雨仍未停歇。雨伞下的一群人，构成了一幅象征震撼与痛苦的悲伤景象。大圣人何希神父替躺在刚挖好的墓穴旁的死者祷告，“猫头鹰”达尼却不由得全身发冷。周遭一片静默，大家吞下了无数啜泣，忍住了无法计量的泪水，就在这时候，“猫头鹰”达尼转过身来，他发觉自己温热的手上多了另一只温热的小手。那是乌嘉。小女孩天真的五官端成了严肃的面容，一副充满无奈与遗憾的神情。“猫头鹰”暗想，他多么希望在场的只有他和死者以及乌嘉，这样就可以痛快地伏在小女孩金色的发辫上大哭一场；此时，他感受到另一只小手的温热。如今，看着脚边的棺材，他后悔自己曾和“小癞子”争论石鸡飞翔时发出的叫声，还有松鸦的鸣声，或是伤疤的味道。此时此刻，他虽然已经无法辩驳，但“猫头鹰”达尼打从内心深处无条件认同他的看法。这天下午，站在雨中的何希神父为死者祷告时，语气更显哀伤：

“上主，求你垂怜。基督，求你垂怜。在天我等父者……”

从这时候开始，神父的声音渐渐成了无法辨识的喃喃低语。“猫头鹰”达尼定定望着鞋匠专注投入的举止，突然好想痛哭一场。看着眼前的铁匠，他深信，“不可貌相”的阿雷此后一定不会再偷窥女人的小腿肚了。霎时，他成了蹒跚憔悴的老人，对性欲已经漠然以对。当何神父念完第三段祷告时，教堂祭司狄力诺随即在棺木旁摊开一块粗麻布，接着，阿雷往里头丢了一块钱。何神父的祷告声再度扬起：

“上主，求你垂怜。基督，求你垂怜。在天我等父者……”

然后是“步兵”，他在粗麻布上放了几个硬币，于是，大圣人何希神父又念了另一段祷告。接下来是铁匠巴哥放了二十分。过了半晌，“独臂佬”吉诺也丢下了一点钱。然后是托运员古哥、磨坊师傅巴斯夸龙、赖孟村长、“独脚龙”卢卡斯、野兔家的五姐妹、侯爵安东尼奥先生的管家、“慢郎中”以及其他所有乡亲，包括村子里的男男女女，粗麻布上堆满了小硬币，值不了多少钱，但对于每一笔捐款，大圣人何希神父皆以祷告回应，仿佛借此致谢。

“上主，求你垂怜。基督，求你垂怜。在天我等父者……”

“猫头鹰”达尼一手塞进裤子的口袋里，颤抖地紧握着他的小铜板。他不由自主地想着隔天要吃的柠檬方糖，但是，他立刻将零食的味道和长眠在此的“小癞子”联想在一起，接着，他告诉自己，当好友在这里逐渐腐烂的时候，他没有权利享用柠檬方糖。他慢慢掏出小铜板，决定将它丢在粗麻布上，这时候，内心有个声音阻挡他：“猫头鹰，多久以后你才能再拥有这样一个小铜板？”这个贪婪的卑琐本能迫使他松了手。突然间，他想起自己和“小癞子”讨论石鸡叫声的对话，悲伤情绪再度涌现。狄力诺已经倾身抓起粗麻布的四个角，打算把钱收起来了，这时候，“猫头鹰”达尼挣脱了乌嘉的小手，赶紧冲到棺木旁：

"请等一下!"他说。

所有目光都落在他身上。"猫头鹰"达尼自己也注意到了大家的眼神，就和雨水打在身上一样清冷。但他毫不在乎。他从口袋掏出亮晶晶的小铜板，然后丢在粗麻布上，这时候，他几乎就和那天下午爬上杆顶一样骄傲。他的目光紧随着小铜板，看着它滚动了一会儿，然后和其他成堆的硬币发出愉悦的碰撞声。耳畔传来大圣人何希神父疲惫无力的声音，眼中却是上了漆的白色棺木里"小癞子"的笑容。

"上主，求你垂怜。基督，求你垂怜。在天我等父者……"

何神父念完之后，他们将棺木往下放进墓穴里，然后在上头撒了许多泥土。接着，大家缓步离开墓地。天色渐暗，雨势也越来越大了。人们拖着木屐返回村子的脚步声此起彼落。总算四下无人了，"猫头鹰"达尼才走近坟墓，在胸前画了十字，说道：

"小癞子，你说得没错，石鸡在天上飞的时候，它们发出的声音是啵嘞，不是噗嘞。"

等他都已经走远了，脑子里兴起的新念头又催促他的脚步回到墓旁。他又画了十字，然后说道：

"鸫鸟的事情，我很抱歉。"

乌嘉一直在墓园门口等他。她不发一语地牵着他的手。“猫头鹰”达尼觉得又有一股格外强烈的冲动，只想好好大哭一场。不过，他还是忍住了，因为“鸟头仔”就在仅有十步之远的前方，并且还不时回头查看他是不是哭了。

21

“猫头鹰”达尼周遭隐隐出现天光。窗框里那一小方块夜空里，星辰渐渐隐遁，泛白的远方，兰多峰的绿意缓缓浮现。在此同时，乌鸫、夜莺、莺鸟和松鸦在灌木林里开始了清晨的大合唱。周遭的一切清晰起来，大小、色调和形貌渐渐明确。山谷带着满溢的芳香和生气在崭新的一天中苏醒了。气味越来越明显，在封闭、平稳、宁静的氛围里，强度和持久度逐渐增强。

这时候，“猫头鹰”达尼才发觉，原来自己一整夜都没合眼。他忆及格外详尽的细节，在心中重塑了山谷间琐碎细微的往事。他抬头往窗外一望，目光正好落在巍峨高耸的兰多峰。此时，他感受到山谷的生命力正以紊乱而密切的方式渗入他的心志，而他也怀着亟欲融合交织成为一体的强烈欲望，将自己的生命奉献给山谷。他们交付给对方的是一种互相保护的热切期望，“猫头鹰”达尼知道，当两者已经达到水乳交融的境界时，永远都不应该分离。

然而，迫在眉睫的分离却让他焦虑不安，疲惫不堪的眼睑也跟着苏醒了。不到两个小时之后，或许时间更短，他得向山谷道别，他得踏上火车，前往遥远的城市，然后开始念中学。接着，他觉得自己或许就该此时此刻离去，在秋季温柔的淡淡哀愁渲染之下而显得柔美的山谷，以及托运员古哥，他们会不约而同一起戴上灿烂夺目的红色帽子。重大变化极少在适当时机发生，而且多半与我们的情绪状况相互背离。

“猫头鹰”达尼万万没料到，这次的别离会让他这么伤心。多愁善感非他之过。山谷以如此紧密和痛苦的方式与他相依相连，也不是他的错。他对出人头地没兴趣。事实上，出人头地这件事，他压根儿就不在乎。反之，他在乎的是远处传来的火车汽笛声，雪白的村落房舍，广阔的大草原，以及一畦畦的玉米田；还有“英国佬水塘”，以及秋罗河的涛涛大浪；还有九柱戏；还有教堂的钟声；还有辣椒大姐的猫；还有肮脏的奶酪模子发出的酸味；还有形状饱满、结实又柔软的牛粪；还有他的好友“小癞子”黑曼长眠的那个令人伤感的荒野角落；还有雨夜里躲在石头下的癞蛤蟆，单调的尖声叫个不停；还有乌嘉的雀斑，以及他母亲做家事的温吞动作；还有河里老实、驯顺的鱼儿；还有这座山谷的好多好多事物。然而，为了出人头地，他必须割舍这一切。他还没有权力和能力做决定。当一个人能够做决定的时候，他也无须做任何决定了；当一个人天天得开货车或捡石头才有饭吃时，已经不需要做决定了。既然这样，试问，当一个人具备做决定的能力时，用处何在？人生是世上最恶劣的专制暴君。扛着人生前进的人，做决定的能力只是多余。反之，他仍处于待做决定的状况，偏偏他只有十一岁，而他父亲就成了替他做决定的人。为什么呢？老天，为什么这个世界会是这么糟糕的安排？

乳酪师傅并未顾及“猫头鹰”达尼的感受，他感到很骄傲，因为自己做了这样的决定，并且还付诸实现了。那是别人做不到的事情。远行前夕，父子俩一起在村子里走了一遭，借此向乡亲们辞行。

“这孩子明天就要进城了。他已经满十一岁，现在该去念中学了。”

这时候，乳酪师傅停下脚步，转过头去看着他，那眼神仿佛在说："中学生说句话吧？"然而，他径自难过地望着地面。他无话可说。只要乖乖听话就够了。

不过，村子里所有乡亲都相当热情亲切，有些甚至热络过了头，仿佛他们才刚听到这个消息，就跟几个钟头后要远离家乡好久好久的"猫头鹰"达尼一样难受。几乎所有人都轻轻拍了他的颈背，并且毫不吝惜地表达了他们的期许和祝福：

"等你回来的时候，大概都变成大人啦！"

"太好了，孩子！你以后会当上部长的。到时候，我们村子的街道就用你的名字来命名。或者是广场。接着，你会返乡剪彩揭幕，然后咱们俩一起在村公所吃饭。那天一定要喝个不醉不归！"

铁匠巴哥向他眨了眨眼睛，一头红发就像一团火球似的。

听说了"猫头鹰"达尼要离乡求学的消息之后，辣椒大姐是最欢欣雀跃的一个人。

"你去受点儿管教是好的，孩子。真的，我这个人说话没有恶意。希望你在城里学会尊重动物，而且别再光溜溜地在村子里溜达。还有，希望你学会把《神圣女牧人》唱得更完美。"她停顿了一下，然后大声嚷着："吉诺啊！达尼要去城里啦！快来跟他道别。"

接着，吉诺下楼来了。"猫头鹰"达尼看着近在眼前的残臂，刹那间，往事历历在目，又是一阵痛苦郁闷的压力堵在胸口。“独臂佬”吉诺也因为失去这样一个朋友而伤感，为了掩饰自己的伤心，他不断地以残臂碰撞下巴，脸上始终挂着微笑：

“太好啦！小子……谁能有这种能耐啊……没什么……该说的都说啦！”“独臂佬”吉诺一阵惶然失措，根本没发觉自己什么都没说。“希望你一切顺利啊！”

接下来，不信上帝的“大肚佬”和乳酪师傅之间有了龃龉，就因为他把儿子送去念教会中学。为了顾及场面，乳酪师傅没跟他理论：

“我今天带这小子来是跟你还有你家的孩子们辞行的，不是来跟你争论他应该跟着神父或一般人求学。”

“大肚佬”扑哧一笑，脱口而出一串脏话，接着，他告诉达尼，要他好好念书当个医生，以后回来取代黎开度医师，因为黎医师年老多病，手脚越来越不灵活了。然后，他在乳酪师傅肩上拍了一下，说道：

“小子，时间过得真快啊！”

乳酪师傅答道：

“咱们都是平凡小老百姓啊！”

“步兵”也对他们相当客气，他告诉达尼的父亲，这孩子只要愿意努力用功，在课业上会有很好的表现。他还说他自己就是个例子。他也是出身寒微。他只是一个无足轻重的小人物，凭着自己的努力和脑力，不但完成了大学学业，而且还出人头地了。接着，他深深以己为荣，嘴角又开始抽筋似的扭曲了起来，就在他几乎要舔到乌黑鬓脚时，父子俩决定告辞，就让他好好独享自己扭曲的笑容、心底的骄傲以及夸张的惊叹吧！

大圣人何希神父给了他一些忠告，并祝福他将来功成名就。看得出来，何神父非常舍不得他离乡远行。“猫头鹰”达尼回想起他圣母日当天的讲道内容。当时，何希神父说每个人都有一条既定的人生路，有人也许会因为野心或欲望而偏离此路，因此，一个乞丐有可能比身居豪宅、家具豪奢、仆从如林的百万富翁更富有。

忆及这段内容，“猫头鹰”达尼心想，他就是为了父亲的野心而悖离了自己该走的路。这时候，他不由得颤抖着。他沉缅在悲伤的思绪里，因为他想到自己再返乡时，或许何希神父已经不在告解室了，也不再亲切地唤他“可爱的小家伙”，而是变成教堂壁龛上顶着光环、立在底座上的圣人。不过，这么一来，他的躯体就会和“小癞子”一起在与教堂相隔两排柏树的小墓园里慢慢腐烂。于是，他紧盯着何神父，一股喘不过气的压力席卷而来，深怕此后再也无法亲历他的一言一行，还有他那双锐利如星火的小眼睛。

接着，他们经过“拉丁暴发户”的别墅，他以为自己想起过几天就要在城里结婚的蜜嘉一定会伤心难过。然而，他并没有因为见不到蜜嘉而感到遗憾，反而很希望自己离去时，别让蜜嘉看到他、怜悯他并觉得他是个可怜虫。

“鸟头仔”不想和他道别，因为他隔天早上会去车站辞行。罗贵会忍到最后一刻才拥抱他，并监视他是否知道如何做个彻头彻尾的男子汉。“鸟头仔”经常提醒他：

“你离开的时候不应该流泪。男儿有泪不轻弹，就算死了老子，再怎么痛苦都不能哭。”

“猫头鹰”达尼满怀愁绪地回想着他在山谷的最后一夜。他在床上翻了身，又瞥见曙光映照下的兰多峰。他缩了缩鼻翼，闻到一股强烈的潮湿青草香以及牛粪味。霎时，他猛然一惊。他并未感受到山谷有什么风吹草动，不过，他倒是听见有人说话的声音。他仔细聆听。人声再度传来，刻意压低了音量：

“猫头鹰！”

他兴奋地从床上起身，探头去看了外面的公路。楼下的柏油路面上，乌嘉就站在那儿，手里提着小小的空牛奶桶，双眸异常明亮。

“猫头鹰，你知道吗？我要去古叶莱村买牛奶，所以，我不能去车站送你了。”

“猫头鹰”达尼听着小女孩低沉甜美的声音，随即感受到胸口似乎有什么东西揪结着。小丫头晃着牛奶桶，同时目不转睛地盯着他。她的辫子在阳光下光亮耀眼。

“再见了，乌嘉。”“猫头鹰”达尼的声音伴随着异常的颤音。

“猫头鹰，你会记得我吗？”

达尼的手肘抵在窗台上，双手托腮。虽然羞于启齿，但这是他最后的机会了。

“乌嘉……”他总算开了口，“别让辣椒大姐带你去除雀斑，知道吗？我不准你除雀斑！”

接着，他迅速从窗边走开，因为他知道自己泪水即将涌出，却又不希望乌嘉看见他哭的样子。当他开始更衣了，他突然有个非常鲜活而清晰的感受，原来，他已经步上了一条与众不同的成长之路。最后，他还是潸然泪下了。